De ce iubim femeile

Mircea Cărtărescu

ぼくらが女性を愛する理由

ミルチャ・カルタレスク
住谷春也 訳

東欧の想像力
11

松籟社

ぼくらが女性を愛する理由

De ce iubim femeile

by

Mircea Cărtărescu

Translated from the Romanian by Haruya Sumiya.

Published with the support of the Romanian Cultural Institute

NATIONAL BOOK CENTRE
ROMANIAN CULTURAL INSTITUTE

ゆうべ街角で
昔の恋人に出会った
ぼくを見てうれしそうだった
ぼくはただほほえんだ
それから昔のことを少し話し合った
それからビールを少し飲み合った
何年経ってもまだクレージー、
何年経ってもまだクレージー……

ポール・サイモン

目次

黒い少女

本書の気高き読者諸姉にお願いしたいのですが、これからぼくが引用で始めるからと言って、ぼくのことを気取った奴だと頭からきめつけないでください。若い頃ぼくは引用してしゃべるばかげた癖があって、カンテミール高校での評判はまことに芳しくなかった。級友たちは十キログラムもあるテープレコーダーを学校に持ち込んで、フランス語の時間に音楽をかけて踊っていた……。若いキチガイの先生は女子生徒を回りに集めて、猥褻表現のあれこれをフランス語でどういうか話している……。一番後ろの席では二人ばかりスウェーデンのポルノ雑誌をめくっている……。ぼくだけは本の虫で、せっせとカミュやエリオットの引用を黒板に書いていた。それはぼくのクラスの埃っぽい崩れた雰囲気に不似合いなこと、ちょうど壁に実ったクルミという具合だった。それを見ると、教壇に押しかけている女子生徒たち、垢じみたサラファンのスカートの下にふくらはぎ丸見えな連中はいつでも顔をしかめ、小馬鹿にして笑い出す。それに慣れてしまって、もうぼくなどいないも同然、それがぼくの高校時代だった。よれよれの制服で、わけの分からないテキストを黒板に書いたり、幅跳びコース沿いの栗の木と話をしているおかしな奴。ぼくが引用で話すのは、気取りとかえらく見せたいためではなく（えらぶれる材料はロックとものにした女の子のリストだけで、ほかは問題外）、ぼくはある著者が好きになると、自分がその著者になりきってしまい、彼があるとき言った言葉だけが世界の真理を表現するもので、ほかのおしゃべりは一切空っぽなものに思えるほど、夢中になるからなのだった。

長い間ぼくは、身なりにも食べ物にも、ビールの場や討論会での話題にも無頓着な、とんまのままだったけれど、そのうちにどうやら二つの点だけは慎重になることを学んだ。その一つは夢の話をすることで（でもこれは別の章で話そう）、もう一つは好きな著者から引用すること。両方とも、文字であろうと、会話であろうと、死ぬほど退屈で、つきあいたくないタイプと思われるのだ。

それでも、夢の話を、または引用を、もう死にたくなるほど、したくなる時がある。たとえば、今ご覧のページをまずサリンジャー（これはぼくの好きな、賛嘆おくあたわざる作家だ）の言葉抜きで始めることはとても考えられない。まるで、あとの文章は小さな客車の列で、引用文こそが機関車だというように。もし自分が始めたいように書き始めなければ、スタイルのことなど、スタイルがいい人ということの意味など、話しようがないという気がする。

初め、その引用したい小さな断章は『エズミに捧ぐ――愛と汚辱のうちに』の中にあるとぼくは思っていた。ところが『笑い男』の中にあると分かって驚いた。さて、サリンジャーは、バスの中でスパイダーマンやバットマンといったアメリカのアニメみたいな切りのない話をしながら子供たちをスポーツ公園へ連れていく、ある「団長」の物語を展開していたのだが、それを中断してこう言う。〝さて、ぼくがこれまでに出会った女性で、一目でこれは絶世の美人だと思った例は、すぐに思い浮かぶところでは、三人しかいない。一人は、一九三六年ごろジョーンズビーチで橙色のパラソルを立てようと苦労していた、黒の海水着のすらりとした娘。二人目は一九三九年、カリブ海のクルーザー船の上からイルカめがけてライターを投げた女。三人目はこの団長の彼女、メアリー・ハドソンだった。〟

この純粋な美のフラッシュバックがなぜそれほどまで文学的に（一見どれほど俗っぽくても）すばらしいかの説明を始める代わりに、機関車はそのままにしておいて、客車の列に移ろう。ところで一両目は、どうも奇妙なことになったが、言葉の本来の意味でほんとうの車両なのである。なぜかというと、地下鉄の車両で出合った女性――実のところ、数分間眺めるチャンスに恵まれただけの彼女――が、今日のこの日まで、世界一の美女として頭に焼き付いている。確かに今ではぼくの頭の中で彼女のすばらしさがさまざまなものと一緒になっているのかもしれない。海岸の非現実的なメリーゴーラウンド、桟橋の前で重なり合うアザラシ、台座の上に屹立する人の像（初めて見たもので、『オルビトール』[*1]の一つの章全体のアイデアになっている)、断崖ぞいに金鎖を掛け並べた宝石店の果てもない列、一セント貨を入れると楕円形に鋳直されて出てくる自動販売機、レッドウッド国立州立公園の巨大なセコイア林……。坂道の街路、チャイナタウン、そしてヤシの並木がのんびりと空を掃く(もう分かりましたね?)サンフランシスコ。それはメトロの車内の黒い少女の周りに、その奇跡の面影に似せて築かれた都会だ。

ぼくは実際バークレーに住んでいて、毎朝、ケンタッキー・フライド・チキンとKマートのチェーン店のある小さな場末の一郭を後にして、細い入り江の海底をくぐって直接フリスコ中心部へ向かうメトロに乗るのだった。一九九〇年にはぼくはまだ長髪の若造で、焦げ茶の革ジャン、両手をポケットに突っ込み、フェルリンゲッティ[*2]とケルアックを気取ったつもりで街をぶらついていたのだ。そのメトロ、有名なザ・バート(湾岸高速鉄道)はこれまた至極エレガントである。陰鬱なアンチ・ユートピアの風景さながらに油と煤で垢じみたニューヨークの地下鉄とは雲泥の差じゃないか! しなやかにミルクのように白く、ザ・バートの海底の潜り方は実に静粛なので、車両の天井まで次第にガラス張りになって、それを透かして海の緑色に濁った明るみと銀色の魚群の乱舞が見えてくるような気がする。ある日の朝、メトロの腰掛けでうとうとしているとき、ふと彼女が見えた。ぼくだけではなかった。実に、明るい照明の車内の乗客が一人残らず彼女を眺めていたのだ。

ぼくは黒人少女というものに幻想を抱いてはいない。様々な社交の場で何人かの黒人娘に出合った。

そうして、彼女たちにしても、中国人もアラブ人も同じことで、女性は女性さ、と思っていた。言うまでもなく、ぼくとは考えや声や笑いの色合いが違う多くの女性とつきあったけれど、肌の色合いまで違うエキゾチックな恋人は一人もいなかった。しかし、要するに、メトロの二つの駅を通過する間（ちょうど電車が海底を走っていた区間）ぼくが目を離すことのできなかった女性は、たまたま十六歳ぐらいの黒人少女だった。たまたま白い絹のサリーをまとい、ごく淡い名も知らぬ花のレリーフがその上に（文字通り上の方に、つやのある生地から一センチほど浮き出したように）ちりばめられていた。また、たまたま、頭に巻かれた同じ生地の小さなターバンがエジプトの美女風にこめかみをなぞっていた。そうしてまた、たまたま、少女の耳からはウォークマンのコードが細くくねって二本ともサリーの下へと消えていき、このテクノロジーの細部と伝統的な衣装との対照にいささかも違和感がなくて、もしかするとこの娘のアフリカの祖先はみんな、歴史の闇夜から今日まで、ベルトにウォークマンを挟んでいたんじゃないかなといぶかられるほど。片方のくるぶしには革の腕輪、そこに刻まれたアラビア文字の一

＊1　『オルビトール *Orbitor*（眩惑）』はカルタレスクの長篇小説三部作（一九九六〜二〇〇七）。
＊2　ローレンス・フェルリンゲッティ（Lawrence Felinghetti, 1919- ）はアメリカの詩人。ビート・ジェネレーションの一人に数えられる。

行は、多分、コーランの一節。

少女は美しいというのではなかった、感覚に訴える美のイメージそのものだった。それが心理的要素のかけらもないただの美的オブジェだったのか、それとも、逆に、ただの心理現象だけ、周囲の人間の魅了された視線の投影にすぎなかったのか、分からない。少女を見て、ぼくにも〝凶暴な美、奪い尽くす美、美が魂を奪う〟という表現のあるわけが分かった。乗客はみんな彼女の人質で、今にも、次々に、残忍かつ冷酷に血祭りに上げられるのを待つばかりといった感じだった。とは言いながら、内気と無邪気だけが、この子の迫力なのであった。

車内に現れたのはいつなのか分からないけれど、下車はぼくと一緒に高級商店とヤシ並木のケネディ・スクエアに出て、肩胛骨とお尻を包んだサリー姿でまっすぐ進み、周囲の錯綜した照明の中へ溶け込んだ。そのあとぼくは何度となく考えたのだが、もしあのときあとをついていけば、ぼくは絹の衣に触っただろう、少女は振り向いただろう、ぼくが触れたことを感じたからではなくて、彼女の体からぼくの指へ、少女の内部の未知なる神秘な力が流れるのを感じて……。

今ようやく気がついたが、サリンジャーの生彩に富む数語で（すごいじゃないか、イルカにライターを投げる少女！）描写された女性たちも、ぼくがまるまる一ページ費やして描写しきれなかった女性も、現れたところは海辺だった。そうして、そうでなくてはならないように見える。というのは、ぼくがスタイル（それは恩寵、この世界全体の波動に同期する波動、充満と空虚のうねりに乗ってためらいの影も見せない流行）について考えるたびに、海の底のほうの緑色のゼラチン状の水の中で、流れに引かれて上下し、くねり、細くなり太くなる長い海藻といういつも同じイメージが頭に浮かぶから。

スタイルを持つためにやれることなどない。なぜなら、あなたはスタイルを持つのではなくて、あなたがスタイルだから。それはそこに記憶心象《エングラム》となっているのだから、あなたの脊椎の椎骨の作用の中に、あなたの体液の動力学の中に、あなたのなめらかな瞳の光点の中に。世界が進むときには進み、世界が退くときには退くあなたの精神の知恵の中に。

Dへ、二十年後

D（ぼくのほかの短篇ではジーナと呼んだ女性）を知ったころ、ぼくは自分のことを夢のスーパーチャンピオンのようなものだと思っていた。毎夜、あらゆる挑戦者を相手にダイヤモンドのベルトを賭けるボクシングのタイトル戦のように準備するのだった。みんな倒した、そう思っていた。マンディアルグもジャン・パウルもホフマンもティークもネルヴァルもノヴァーリスもKOで、カフカは判定で倒し、ディモフ[*1]は（一六ラウンド目に）タオルを投げてきた。そのころ読んだ本はいずれも持ち上げたバーベルであり、詩はいずれもエキスパンダーであり、散歩はいずれも一連の腕立て伏せ、注視はいずれも（注視と言えばそのころデスクの上の万年筆のキャップとか鉛筆削りとかをあまり強く物理的に注視したので、まわりの一切が消滅して、その物体がそっくり視野を占め、ぼくの肉体の外にあるのではなくてぼくの精神の黄金の空気の中を浮揚――まさに浮揚――するかのように、同時にあらゆる方向から眺めており、触感の硬さとその表面の金属やプラスチックの化学組成でその物体を理解するのだった）来るべき夜のための集中の訓練であり、次なる夢の試合の予習だった。

Dは素晴らしかった、そうしてぼくは彼女が目を大きく見開いて眠っていたと書いたことがあるが、それを作家の創作と思ってくれては困る。本当にそのとおりだったのだ。二人の長い歴史の中でそう多くの夜を一緒に眠ったわけではなく、そうしたときには、実はすでにすべてが――彼女に対するぼくの絶望的な愛も、ジーナについての小説も――すべて終わっていた。昔、彼女のためなら生皮を剝がれてもいいと思っていた娘とではなくて、自分の登場人物と寝るというのはどれほど哀しいことだったか、とても言えはしない。けれども彼女のそばで夜を過ごした時はいつも、夜中に目が覚めると、窓からの薄明かりを受けて微かに光る目が、瞬きもせず、天井を見るでもなく、ただ見上げているのが見えるのだった。

彼女がそうやって眠る所を初めて見たのはコキルレニ村だった。ぼくたち文学部の学生は農業実習の

＊1　オシップ・ディモフ（Ossip Dymov, 1878-1959）はロシアのユダヤ系作家。

葡萄もぎに行っていた。毎日、ギリシャ神話のサテュロス（素っ裸で髪もじゃのポドゴ先生）と柔和な大天使（ヨアン・アレクサンドル〝神父〟）の引率で葡萄園に入り、六時間ばかりだらだらやったあとで宿所に戻った。一週間後にはもう、寝室はどれが女子のやら男子のやら分からなくなった。すっかりまぜこぜだった。ある日の午後、Dがぼくに、何か買い物を頼んだ。そのころはまだ、ただの同級生よりはちょっと親しいと言う程度の友達に過ぎなかったが。で、戻って女子学生の寝室に入った。それは言語に絶する乱脈。一人は足の爪を磨いている、一人はパンティの中に芳香剤をスプレーしている、一人は男子学生（この男はもう死んだ）とキスしている。またミラとアルタミラ（架空の名前とお思いかな？　実在で今も同棲している）は一つベッドでシーツをかぶってしっかり抱き合っている。Dは上段のベッドに寝ていた。ぼくは顔をよく見ようと下段の縁に足をかけて首を伸ばした。彼女はエトルリアの石棺の蓋に刻まれた彫像のように体をまっすぐにしていた。そうしてまっすぐにぼくの顔を見た。言っておかなくてはなるまいが、Dはおよそ考えられる限り最高に美しい〝黄色の目〟で、睫が小さなフックのように反っていた。今はもう同じではない。この頃会うときは目ではなく口元（これこそ見間違えようがない）で見分ける。ぼくは何か少し言い、彼女はずっとぼくに目を当てていたが、その様子は、真剣に耳を傾けているけれども、理由ははっきりしないが、ぼくの言葉の核心がつかめないというふうだった。すっかり説明するのに二分経ったと思う。ぼくはぼんやりと、なにかがまともでないと感じたが、しかし、夢の不条理な状況の中のように、いったいどこに間違いがあるのか分からなかった。とうとう、だれか女子学生が投げやりに声を掛けてきた。〝ほっときな、眠ってるのが分からないの？　そうやって、目を開けて眠るのよ〟その瞬間に（なぜならばDはこれ以上ないほど自然な視線をぼくの目に当てたままだったので）、ぼくは夢を見ているという明確な――その後二度となかったほどはっきりした――感覚を持った。それまでの自分の全人生は、多分、一つの夢だったと。

しかし次の夜、Dと二人で、クローバー群落の中でウォツカのボトルを一本空け、信じられないほど広い範囲にクローバーを踏みつけたりして（そのとき初めて女の陰毛は触るのにどれほど快いか知った）朝まで過ごしたとき、それはハイパードリームだった。そうしてその後の年月は、中国の漆塗りの入れ子ケースのように、夢の中で見る夢。貧乏で懐疑的なプロレタリア階級の息子がお姫様と知り合って、等々。ここでぼくが書こうと思うことは、というのはほかのことはみんな本に書いたから、それはぼくの文学作品のどこにも書けなかったことなのだ。カフカに言わせれば〝これは語れない〟から。

もしDが（すごく）美しいだけだったなら、また、宮殿に住んでいるかと思われた家――ガラスのイコンを掛け並べたその家に初めて入ったときは、文字通り、何十もの部屋を通ったように思った――と、蠱惑的な衣装と化粧だけが彼女の魅了手段であったなら、ぼくは金輪際彼女を愛するはずもなかった。また、ある十二月の雪の日、例のように家まで送っていくと、ぽつんと一本の街灯だけに照らされたある小さな三角広場にぼくといっしょに立ち止まって、濡れた両手をぼくのオーバーのポケットに差し入れて、街灯の光に雪片が未曾有の激しい乱舞を見せていたとき、黙ったまま暗がりでぼくの目を見つめたからというそれだけで、彼女を愛するはずもなかった。そのことで彼女が愛しく思われるのは、ようやく今思い出すときのことだ。本当のところは、Dは夢を見る特別な能力によってぼくを魅了したのだった（男が力と確信で女を魅了するような形で、それよりもっと強く）。

Dはあまり知的ではなく、大勢の学友はただのガチョウだと思っていて、ぼくたちの半端な関係を大げさに哀れんでくれるのだった。ときどき彼女はまるでばかばかしいへまをやった。貞節かと言えば全然そうじゃなかった。反対に、いらいらするほど他人に対して色っぽく、いつもわざわざ、サディスティックに、気になるやつのことを話したがるのだった。しかし、夢を見る者としてはぼくよりも一ランク上で、つきあわせをするたびにぼくは粉砕された。かつて、どこでも（ネルヴァルやジャン・パウルや前述の作家すべてを含めても）あれほど、何と言うか……力強く、構成がしっかりしていて、足をがっしり踏みしめたライオンのように安定していて、それでいて雲の上、青い空中に築かれている夢に出合ったことはない。彼女の語る夢を聞いていると、細部までありありと目に浮かぶので、あとでは自分がその夢を見たような気がした。何度となく、夕方、最後のゼミナールのあと、送っていって家に着くと、二人は玄関ホールに入って、顔がやっと見えるほどの薄暗がりの大理石のきざはしに腰をおろした。そこで彼女は煙草に火をつけて、話し出すのだった。彼女の目は、『市民ケーン』の無人のバーの場面のように、反り返った睫の下できらきらしていた。彼女の夢の話は一つで三十分あまりだったが、ぼくにはあのオリエントの物語のように、過去か未来の人生をいくつも連ねているように思われるのだった。帰りがけに、重い鋳鉄のドアを閉めるとき、いつも自問した。明日また学校で会うまで、ぼくはどうやって生き延びるのだろうかと。

もっとあとになって、自分の本の中で夢のことを話す場合、ぼくは何度となく知的財産権法制の不備――夢には著作権がない――を悪用して、彼女から一番チャーミングで明瞭なビジョンを、現実から非現実へ、その逆への一番ひそやかな遷移を盗んだ。彼女の夢は蝶の舞い溢れる『オルビトール』の大理石の宮殿――大体において、そこの蝶は彼女の蝶である――の夢だった。同じように、それはマリアが何週間もさまよい続けるマラカイトと玉髄の石畳の巨大な地下境内についての夢だった。実際、今の感じでは、一緒に暮らしていた遠い昔に彼女が話してくれた夢の一つ一つが、そうして、彼女の存在とも意思とも関係なくぼくが見ていた夢さえもが、彼女の脳の中で芽ぐみ、透明なフィラメントを伸ばしてぼくの頭に穿孔し、その先端が花になって、ぼくの頭蓋骨の中で、エキゾチックで様々な形の花びらをぱっと開いていたという印象である。一本のへその緒がぼくたちの精神の間にかたち作られていて、彼女は夢のゼラチン質でぼくを養い、そうしてガチョウ並みの女学生のちっぽけな頭脳の神経繊維の一本一本を愛していた（のでというべきか）ぼくは、盗んだ夢をページの両面に書き込んだ本の胚芽の数々を育てていたのだ。

さて今のぼくたちは。ぼくは、作家として、栄光と（それよりずっとたくさんの）軽蔑をかき集め、もはや夜ごとに夢の試合のリングに上がろうとはしない。彼女は、ただの知らない女、使用済みの捨てた封筒になった。中にはお金かヘロインが入っていたかもしれないが。もう二人とも四十過ぎで、（古典的作家たちを引用すれば）〝われらの不滅の愛はいずこかに消えて〟……

Dよ、――“Wherever she is”――、どこかにいるなら、それほど大昔のことではなく話してくれた言葉の代金として、それだけではなくいとしい賛辞として、この小文を受け取っておくれ。

イヤリング

親愛なる読者諸姉、あなたもこれまでの人生でいくたびかあの感覚を体験したにちがいない。似たような多くの感覚なみに名前などないほうがいいのに、あのみっともない既視感《デジャビュ》という名を持つ感覚のことだ。なぜならば、そんなことを体験するときには、自分の人生のあるシーンの繰り返しという見かけがあなたに強い印象を与えるわけではない（結局のところ、われらの人生は繰り返しの長い連続で成り立っている。一年間にボタンをいくつかけたりはずしたりすることか？　同じ二、三人の友達と変わり映えのしない飲み会を何回繰り返して、その場にいない連中の同じ悪口を言い合っていることか？　刻々の体験の大半を既視と呼べそうではないか）。既視という感じそのものではなく、それが心に引き起こす動転が、そうした状況でなぜか必ず感じる強烈な魔力が、印象に残るのだ。ある午後、あなたは退屈して、テレビの前で、おもしろくもない番組をぼんやり見ている。そうして突然、まるで爆発して強烈な発光体になったような感覚に打たれる。あれ、いつかこれと同じ瞬間があったぞ！　確かに、確かに、すっかりこのとおりだった！　でもいったい何がこのとおりなのか分からないし、そもそも冷静に考えることなんかできない。というのは一瞬にして恐怖の絶頂と切ない郷愁のまざったようなある種の幸福感に包まれるからだ。「そうだ、そうだ、あのときはこうだった！」と繰り返しつぶやき続けて、ようやく、あるときは波頭に次の瞬間には波底にと水の表に漂うコルク栓にでもなったようなこの陶酔が去ったときに初めて、今見ていたテレビの何がこの記憶の嵐のきっかけになったのだろうと考える。どんなにさがしても答えはないだろう。たぶんなにかある文句とかある映像とかを思い出すだろうが、しかしそれを思い返してみても、あのオルガスムのような哀しい暴発・奔流はもう起こらない。それに、過去のどの時点に飛んだのか思い出すこともできまい。ちょうど、目覚める直前にあれほどまざまざと見た夢が蒸発するように、思い出せない。ただ、なにか限りなく貴重なことを体験した、何分の一秒かのあいだ文字通り昔の少女の体になっていた、あるいはおそらくもっと遥かな先祖返りの記憶ではないか、お母さんの体か、お祖母さんか、ひいお祖母さん、あるいは時をはるかに隔てた古代ケルト人、遊牧ロクソラン人、またはサルマチア人のひい・ひい・ひい（……）お祖母さんの体になっていたのか、という感覚だけが残っている。読者よ、あなたも何時の日かその隠された意味が見つかるだろうと望んで、この感覚を取っておいているとぼくは思う。

ぼくの場合は、自分の頭にたくさんある妙なところ（ときどき、ぼくは心理学者にとって、さらには精神分析学者にとって、すごく貴重な研究材料かもしれないと思うが、そんなところに安売りする気はない）のほかに、いままでいつもデジャビュ感覚があったが、ありがたいことに、なれっこになるほど頻繁でもなかった。その始めは少年時代（本当にすべてが始まる時代）の、思いもかけぬ自失の感覚、郷愁に溶けこむ感覚で、それはある秋の日の高校への路上のことだった。向こうから来た一人の女性とすれ違い、なにかの香水の匂いがした。……甘い、かすかにミントのまざった香りで、女性の香水と言うよりもケーキショップの匂いに近かった。女性は薔薇色のスーツを着ていた。ぼくはあの独特な匂いを覚えていた、その女性のことも覚えていた、それこそ、よく知っていた！　口あんぐりのまま振り返って、まだかすかな香りを漂わせながら遠ざかる彼女の姿を肩越しに見たとき、新しい動転を、胸の張り裂ける思いを覚えた。全く、この名状しがたい感覚は片思いか失恋の激しい苦悩にそっくりだったと思う。高校の方へ足を進めるのがひと苦労だった。ぼくは怯えた。気が狂うんじゃないか？　あの香水のことを考えるたびに、それが思い出されるたびに、再びぼくをぼく自身から奪い去るあの波乱が近づくのが感じられた。

その後十年の間に、七回か八回、様々な場所で、ぼくの脳髄を銃弾のように吹き飛ばす香水を感じたと思う。学生のころ、あの香水をつけた夫人とエレベーターに乗り合わせた時に、どうして生き延びたか分からない。夫人が降りた後、ぼくはエレベーターを階の中間にストップさせて、床にしゃがみ込み、そのまま、その薔薇色の香りを深く吸い込みながら、どこで、遠い昔のいつ、こんな途方もない力につかまって引きずられたのか理解しようとして、まる一時間ほどそうしていた。ほかにもその香水を人混みで、商店やトロリーバスの中で、身分のある人々のところよりもむしろ普通の人々のあいだで、感じたことがあった。もしかすると、昔自動車の形の壜で売られていた安物のオーデコロンかなにかだったかな……。そのたびに、そのめまいを招くものすごい匂いをふりまく少女のあとを追いかけて、振り向かせて訊ねたらとも思った。「どこできみにあったかな?」とか「きみの香水はなんというの?」とか「ぼくと結婚しない?」とか、頭に来ているぼくにはどの質問もまるで同じことのような気がしていた。もうおそすぎることになった日まで、とうとう一度も訊ねなかった。こんなことを全部マテイウ・カラジャーレ[*1]の言う「秘密の封印の下に」置きたかったからではない。反対に、その香水がそのたびに必ずぼくを引き戻すある秘境のぎらぎら光る非空間的な記憶に、ぼくはアラン=フルニエ[*2]の小説のモーヌさながらに苦しんでいたのだ。そうして、いつもあの至福の苦悩の爆発のただなかでできるだけ長く呼吸しようと必死だったからであり、それに比べればすぐに人混みに消えていったどこかの女の実態などあまり問題ではなかったからだ。一度だけ、遙かな秘境に通じる橋の袂を、ついに、確かめたという錯乱感覚を持ったことがある。それは春で、模造木を組んだ手摺のあるチシュミジウ公園の橋の上で、下を通り過ぎるボートを眺めていた。あの匂いの不意打ちが、またも一切を爆発させた。振り向いて橋の上をローラースケートで滑ってくる少女の群を見る前に思った。ついに一つのイメージを捉えた！と。

記憶の中のそのイメージが蘇り、郷愁に胸がつぶれそうだった。それは浅緑と濃い紫のきらきらする薔薇色の銀紙で包んだ星形や小さい角形のチョコレートボンボンの並ぶショーウインドーで、その前に薔薇色の服を着た女性がいた。それからまだもう一つ、一番謎めいているのが一つの影、ウインドーの上に落ちる大きな影だった。すべては瞬きするほどの間のことで、すべてがぼくの記憶の一番デリケートなゾーンにひろがっているかのようだった。それはただのイメージではなく、生きている何かだった、いつかぼくが体験し、そうして奇跡的に今の現実にまぎれこんだ一つの瞬間だった……。どんなに力をふりしぼっても、その束の間のビジョンが記憶のどこから来るか分からなかった。おそらく夢の一場面だろうとぼくは考えていた……。

そのあと何年かの間、デジャビュ感覚はおとずれなかった。でも別に文句はなかった、ほかにもいずれ劣らず妙なことがいろいろあったから。たとえば〝訪問者〟が来始めたのもそのころだ。深夜目を開

＊1　マテイウ・カラジャーレ（Mateiu Caragiale, 1885-1936）はルーマニアの詩人・小説家。代表作『故宮の紳士』。
＊2　アラン＝フルニエ（Alain-Fournier, 1886-1914）はフランスの小説家・詩人、代表作『グラン・モーヌ』の主人公がモーヌ。

くと彼らが見えるのだった。男、または女が一人、ベッドの脇にいて、眠るぼくを見ている。その一人一人の似顔も描けよう。それほどはっきりと覚えている。だが彼らが出てくるのは別の話だ。

実はあるとき、それはぼくの人生のめちゃくちゃな混乱期のこと、何がほしいのか自分が何者か分からずに、女から女へでたらめに渡り歩いていたとき、ひとりの……ずっと年上の女性と知り合った。ぼくは、ふだんたいそう端然として手を触れがたく見え、自分の人生の型をしっかりと焼き付けているように見えて、だがその型を抜ける気になったときにはたとえようもなく優しい官能的な恋人になる、そういう成熟した女性が大好きだ。そのような一人の素晴らしい女性がある冬の夜に、雪の降る中を、ぼくの家に来ることになった。ぼくたちはワイングラスを手に話しながら、あとに続くことばかり考えていた。しばらくの間、ことは型どおりに正常な結末へ向かって運んでいた。確実に、たぐいなき愛の一夜として思い出に残るはずだった。二人ともに相手からそれだけを求めていた。しかしベッドの中で気づいて不安になった。その夜彼女がつけていた濃厚なフランス香水の下で、熱く柔らかい肌から匂うのは……。ごくごく微かではあるけれど、まぎれようもない。なおぼくは彼女の秘部を包む薔薇色のレースを脱がせたけれど、心はもうそこになかった。そのぴちぴちと引き締まった肉体に、他の時なら惑溺したところだけれど、今は自分とは別種の生き物のように、まるで心を惹かれなかった。それはよそもの、やはりたいそう美しいけれど、しかしよそものだった。女のそばでまるで無感覚だったことはこれまで一度もなかったことだが、それでも当惑も、気の咎めも感じなかった。ぼくたちはトリスタンとイゾルデのようによりそって無邪気に眠り込み、そうして明け方に見た夢の中で、ついに、ぼくはあの遙か遠くの地方を通っていた。

ぼくと並んだママはすごく大きかった。ぼくは多分三歳か、もっと下だったろう。叔母さんの家へ向かう電車がレールをがたごと鳴らしていた。汗ばんだシャツの運転手の背中が風をはらむ帆のように見えた。ぼくたちは広場で降りて彫像の並ぶ舗道を歩いた。石膏のゴルゴンやアトラスで飾り立てた奇妙な建物に囲まれた広場の真ん中に、途方もなく大きな彫像が聳えて、お菓子屋のウインドーに古代の日時計のような影を落としていた。ぼくたちはベルの付いたドアの方へ向かった。ウインドーには極彩色の銀紙に包まれたチョコレートボンボンがあった。ママは〝ちょっとだけね〟とぼくを外で待たせて入っていった。雲が彫像の頭の鬘《かつら》の上で裂けていた。乗っていた電車はもう通り過ぎ、広場は空っぽでレールだけが光ってのびていた。奇妙な建物飾りの間の静寂は完璧だった。そうしてママはもうお菓子屋から出てこなかった。ぼくはママとはぐれてしまった。ぼくはここに、この大きな彫像の建つ広場に、ずうっとこのままだ。しゃがんで力一杯泣き出したそのとき、ドアが開いて薔薇色の袖が見え、ママだと分かった。一度も感じたことのないような情愛の波がぼくを締め付けた。ママだ、栗色の髪の房だ、細身の顔だ、あの喉だ、あの腕だ！　涙まみれの笑顔でママの腰にすがりついたそのとき、匂った。決して忘れなくなる甘く、微かにミントのまじる匂い。ママの手には縁がぎざぎざの紙袋があった。〝ほら、これを買ってあげたのよ。〟袋の中には薔薇色で円盤形の、ごく軽い、砂糖でまぶしたボンボンが入っていた。〝イヤリングというのよ〟とママは続けた。それは匂った、広場を香りでいっぱいにしたので、彫像はもう霧に包まれたようにほとんど見えなくなった。

そうしてそこで、夢の中で、ぼくの精神はまた爆発し、うれしいのか悲しいのか泣き出し、やがてびっくりしたガールフレンドに起こされて、ぼくは涙を拭いた。

親密感について

ぼくはひところ、それはもう別人生のようだが、アムステルダムのワーテルグラーフスメール地区で、フランドル人が住む家々の中の、とある屋根裏で暮らしていた。三階建てアパートの残りは家主のポーランド女性と赤い頬のその娘が使っていた。家主は毎晩娘と一緒に風呂に入ってきゃあきゃあ言いながら水をかけっこし、夜は一人で酔っぱらって消えた夫のことをめそめそ泣くのだった……。天井の傾斜したぼくの部屋にはベッドと椅子とテーブルが一つずつあった。あとCDプレーヤーが一つとディスクが数枚あったが、それは初めの幾日かで全部聴いて覚えてしまった。外は今まで見たこともないような、黄色っぽい日暮れといった雨で、それが何ヶ月も続くのだった。やけになりそうな寂寥。大学では数人の学生にルーマニア語の初歩を教えていた。夕方家を出ては、頭に雨だれの落ちる傘を差して何時間も街をぶらついた。半円形の運河にそって歩き、反った橋を渡り、奥に怪しげな小さな店が並ぶ小路に入り込んだ……。ぼくはとんでもない長髪に革ジャンパーという格好だったから、いつもマリファナ売人につきまとわれた。多くは黒人やアジア人で、ゴムで結わえた小さな袋をぼくの鼻の下に突き出すのだった。うんざりして、暗い酒場に入り、灼けたストーブのそばで、上着から湯気を立てながら一人でジンを二、三杯空ける。その間、そばではレズのカップルがこれ見よがしに物憂げなキスを交わしているのだった。

何度も赤線街に出た。飾り窓をじろじろ見ている男の群の中を一人ぶらついた。立ち並ぶバーやセックスショーのネオンが暗い運河の波に影を映していた。赤いコンビネーションにおとぎ話のようなウルトラマリンの鬘《かつら》の女が時々ぼくの手を引いて入れようとする店では、ステージの乱交実演を眺めながら飲める。どの建物も売春宿だった。数百の飾り窓には、蛍光のレースとガーターだけのセックス衣装の女性たち、若い女性や老いた女性、しなやかなのやでっぷりしたのや、人形のようにかわいらしいのやきつく男のようなのや、あらゆる人種、あらゆる皮膚の色、そして……あらゆる性も、というのは、中には明らかに（とはいえ目がよくなくては気がつかないだろうが）、エリザベス朝の舞台のように白粉を塗り毛抜きをした少年までがいて、優しく微笑みかけ、手招きしていたからだ。あのバロック調の過剰な飾り窓の前を通りながらぼくは思った。彼女たちは、未成年のころの自分の妄想になんとよく似ていたことか。ぼくがあのころ、汗とフェロモンでじっとりしたシーツにくるまって想像していた、はだかの女、卑猥な女、恥知らずな女、顔もなく個性もなくこれといった意思もなく、かぐわしい尻を脚をうなじをめったやたらに差し出すあの全くのセックスアニマルにそっくりではないか。今はただ一人アムステルダムで、未成年の妄想の中を、自分のエロチシズムの地獄のようなパラダイスを一人でさまよっているみたいで、どれかの部屋に入りさえすればその妄想を現実のものにできるのだった。すべて思いのままだ、他の場所では不可能なセックス経験を積むことができたろう。ぼくは平均的オランダ人並みのサラリーをもらっていたから、週一回、三日に一回、その気があればいつでも女を一人買えたろう。どれかに目を合わせると、さっとぼくの方を向いて、突然恋人に出合ったみたいに晴れやかに笑い、ぼくはこの女の腕の中で一晩過ごしたらどうだろうと考えるのだった。それから……そこを通り過ぎ、やがてあのカーニバル風の区域から出て、そうして再び、遠景に教会のドームが林立するプロテスタント流の厳格な街並みに入る。いつも、ぼくの小さな部屋にたどり着くと、自分が孤独で、セックスオブジェクトの腕の中ではないことに満足を覚えるのだった。長期のアムステルダム在住中に、売春婦を相手にしようと本気で考えたことは一度もない。

真面目ぶるつもりはない。ぼくは普通の男性だ。ぼくの男性ホルモンの血中濃度は女性よりも十倍高い。ぼくの脳は性ホルモンに浸っている。しばしばただのエロチックな刺激をたっぷり感じる、しばしばバスの中で見知らぬ女性に興奮している、自分の欲望のままになるそんなセックスオブジェクトの出没する暴力的な暗い妄想の迷宮をしばしばさまよう。ポルノがいつもいやというわけではない——男性として、インターネットの何万ものサイトや、女性なら誰も買わないような何百もの雑誌も受け入れる——そうして乱痴気パーティのイメージがちらついてどうにもならない時もある。それはそうだが、やはり親しくもなく関心もない女性とセックスをしたあとではいつも後悔した。ましてや金輪際、売春婦とセックスする気はない。それは危険が大きいからではなく、貞節観念のためでもない。

単純明瞭にぼくは思う、親密感の伴うセックスのほうが、親密感のないセックスより何倍もいい。ことさら恋愛論をするつもりはないが、結局はそれが問題になる。感情としての恋愛はときにセクシュアリティを抑圧する。そうして貞節はベッドの中ではむずかしくなる。セックスに伴われるのは意識の甚だしい狭窄、社会的倫理的良識より遥か下への沈降、タブーや嫌悪感からの解放、禁制と倒錯の中での快楽追求である。恋愛は強力な文化的要素をもつ、われわれの裸身を覆う頭脳的な殻の一部として、邪魔になりがちだ。多くのカップルの場合、パートナーが他人になる空想、お互いの結びつきを忘れ去る空想が、エロチックな快楽を強める。とは言っても、確かなカップルの間の心理的結びつきに存する（ほとんど語られないけれども）本質的なものが、つまり恋愛と呼ばれる心理的結びつきが、シンボリックな剝ぎ取りによる無残きわまる荒廃のあとにも生き残る。それは、言うなれば、二つの肉体の間の激しい愛だ。理性も人格も圧倒的なセクシュアリティの快楽の中に雲散霧消した時でさえ、親密感は残り、この暴力的な動物的な行為に、その親密感がなにか子供らしい、心優しいものを与える。快楽の記憶が消えた後に、その親密感が、過ぎた時間の真の喜びとして思い出されるものを与える。ぼくは妄想の実践には三文の値打ちも認めない（なぜならば、具体化すれば妄想がもっている理想性そのものが失われるから。たとえばセックスパーティーを夢見ることはできるが、しかし現実のパーティーは具体的な細部が多すぎて幻滅するにちがいない）、それと同じように、知らないどうしの肉体間の性行為は、ぼくにはそもそもの初めから失敗していると思われる。

ぼくの肉体は妻の肉体に深く愛着している。実際ぼくには肉体が二つあり、実際ぼくの全人生は二重だ。たとえぼくが実験動物となって大脳切除をされても、ぼくの肉体はなお妻に恋していよう。一緒に暮らしている存在との親密感の必要性はぼくにとって性生活の必要性よりも遥かに大きい。ある人たちは、パートナーの所帯やつれの日常を見ることになるという展望だけで、結婚生活を敬遠する。けれどもぼくの恋愛はまさにそれに培われている。ぼくは彼女と一緒に買い物に行くのが好きだ。彼女と一緒にコーヒーを飲むのが、浴槽の中の彼女を見るのが、ＵＦＯについてらちもない会話をするのが好きだ。彼女が食べるところを、服を干すところを見るのが好きだ。セックスをするときはぼくたちの親密感が一番貴重なことであり、ぼくたちの快楽はすべて親密感次第である。実に、限りなく深く知り合っている二つの肉体、それでも飽きると言うことがなく、再発見を重ねる二つの肉体が恋愛をするのだ。どの瞬間にも彼女が次にどうするのか分かっていて、しかもそのたびに驚く。彼女の肌と腱とひだと身振りと言葉をよく知れば知るほど、好奇心はますます強く、ますます抗いがたくなる。ぼくのもう一つの肉体との親密感には絶え間がなく、眠っているときも夢のうちに彼女がそばにいることが分かっている、でも肉体の愛の時間に彼女はすべてになる。その時にはもう視覚と触覚、柔和と凶暴、幸福と苦悩の区別がつかない。彼女だけが欲しい、なぜならば彼女だけを知っているから。彼女の腿の間の〝眠たげに羽根をあわせた蝶々〟を眺める、そうしてまことにこれより美しいものは未来永劫見ることも触れることもできまいと分かっている。

ぼくたちの家の中で、ぼくたちのベッドの中で、ぼくたちの親密感はエロチックな歓びを薄めるのではなくて、保護する。親密感によってすべてがエロチックになり、そうしてすべてが、どれほど粗野だろうとどれほどどきわどかろうと、下品ではなくなる。このような保護された空間でのみ、肉体も、心も、相手による探求にすっかり開放される。これによってセックスは何よりも夢に似通うことになる。ただ夢を見ているとき筋肉の力は無効で、肉体全体が麻痺し、そのおかげで心は自由に幻覚に耽る。セックスのときは反対に、心が無効になり、肉体が悦楽に沈む。最後に、この奇妙で魅惑的な対比を際だたせるちょっとしたことがある。すなわち、夢を見ているときには、夢の中身に関係なく、常に性器が勃起する……。

若い頃のばかげたジョークを思い出す。女性とは〝セックスのときにつかまるもの〟と定義するやつだ。本当の親密感がなければ、女性も男性も、掛け値なしに、体操のメニューをこなすためのバーでしかない。ブランコにゆられるように、ときどきは気晴らしになりえる（特に男性にとって）けれども、ぼくから見れば、それはセックスの粗野な、幼稚な、不満足なやり方である。実のところ、本当に性的成熟に到達するのは、一種奇妙な二人唯我論を体験し始める時だけである。その唯我論は言う、

全宇宙に本当にセックスをする存在は二人だけ、それはぼくとぼくの恋人だ。

ブラショフのナボコフ

数日前、ジャケットのポケットに手を突っ込んで、ティンプリノイあたりの涙が出るほど惨めな工場地帯を急ぎ足で歩いていた。太陽はあったが、十一月の朝霧が晴れたばかりで、ひどく寒かった。文学的なとりとめもないことを考えていたとき、呼びかけられた。「ハーイ、ミルチャ、元気？」どっしりした銀色のＢＭＷがすぐ前の道路際に停車して、黒い眼鏡を額に押し上げた、全く見知らぬ女性がサイドウインドー越しに笑いかけていた。車に近づくと、女性は降りてきた。「私をおぼえている？　だれだか分かります？」いくら眺めても、見覚えがない。「分かりませんな」と答えて、こちらも笑った。みごとな着こなしが、道路越しの殺風景なマンションやセメント工場や電車停留所をバックに際だっていた。「私アドリアナ、イリナの姉よ、クルージュの私たちの家に来たことがあるわね」オーケー、一度会っただけなのか、しかも何年も昔に、では思い出せないのが当たり前だった。思い出してうれしいというふりをして、ありふれたあいさつを交わした。「その後もフィンランドへ行ったの？」と尋ねたのは、相手を確かめるためだ。「ええ、しょっちゅう出かけるわ、向こうの会社の仕事をしているの。でも、ねえ、あなたはどうしてたの？　うまく行っている？　本を出していることは知ってるわ、でもね……仕事が忙しくて、このところほとんど本を読んでいないの……。けどイリナはあなたの本を全部買うのよ、過ぎし日の思い出のために、お分かりでしょう……」ちょっとの間ためらっていたが、結局尋ねざるを得ないと感じた。「イリナはどうしています？」すると目の前の全然見覚えのない女性は、無邪気な歓びを露わにした。明らかにその妹は一家の誇りらしい。「ああ、すてきなの、何年か前からブリュッセルに住んでいるの、夫はすごくえらい人よ、ヨーロッパ議会の議員で……」〝……歴史はかく書かれるがゆえに〟という文句が頭を掠めた。あと二言三言あって、「連絡を続けましょうね」（どんな連絡？）、「また会えて嬉しかったわ」、そうして運転席の男性が腕を伸ばしてドアを開けた。それから、完璧な写真を載せたモード雑誌を閉じたように、消えた車の周りの空間は閉じた。あとに残るのは場末の湿って垢じみたマンションと、アスファルト路面の穴と、交差点にたたずむ無様な身なりで病気みたいな人々だった。

ぼくはどこの公証人役場か裁判所へ行くのだったか、何の登記をするのだったか忘れ、およそ三十分ほど、あの逆ユートピア地域をあてもなくさまよった。イリナがヨーロッパ議会の？　ブリュッセルの御婦人？　お偉方《えらがた》の奥さん？　だがぼくがアドリアナに妹のことを尋ねるのをためらっていたのは、困らせては気の毒だと思ったからなのに。この年月、ぼくはイリナの転落の姿を想像していた。帰らぬ過去を想い続けて、おそらくアル中。おそらくホームレス、電車の中でおそろしい異臭を振りまいているあの連中なみに……。それから、ことはこうなるべきだったのだと気づいた。何年か昔に、あたかも一篇の小説をぼくの手中に置いたある人生が、今や自然な、多分必然ですらあるフィナーレをぼくに提供しているのだと気づいた。ぼくは〝リアリズムの〟作家ではないし、〝テーゼの〟作家でもない。だから、自分が実際に見聞きした本当の意味でおもしろい三つか四つのことを語るのをずっとためらってきた。今日は、さて、いささかの静寂（いや、内面的な静謐ではなく、ごく具体的な意味で、単なる静寂、単なる孤独——書斎のドアは閉じており、小さい男の子は別の部屋で眠り、上の女の子は居間で何かしている……）に恵まれたので、イリナのことを、この〝ぼくの最初の女性〟で一個の訳の分からない、取るに足りない謎のことを考えることができる。情けなかった時代の情けない謎。

ぼくは文学部学生で、もの書きマニアで、いかれていて、爪の先まで詩人（ぼくの想像では）、けれども影が薄く、ちびで、骨と皮で、その結果、人類の中でぼくが唯一関心を抱いた部分である娘たちの視線からすると、ぼくはガラスのように透き通っていた。寒気がするほど孤独な暮らしだった。文芸サークルへ通ってその方面ではちょっと名を知られた時でさえ、女子学生は一人も注意を払ってくれなかった。そこがぼくは理解できなかった。友達の中でもグロテスクな連中、ど阿呆な連中は、精力横溢を自慢し、〝ティーパーティー〟で彼らの〝セックス場〟と名付ける天井裏の小部屋や地下室のソファーの上での出来事をことこまかにしゃべっていた。一方、ぼくは二十三歳で、ぼくのセックス場にはまだ女性が来たことはないのだった……。ところで、一九七九年の春、クルージュの「エミネスク討論会」に出かけたとき、ぼくは一瞬、ついに神様の裾をつかんだと思った。ぼくになにやら好意のサインを示す女性に出合ったのだ。ぼくより四歳ほど年上で、英語・ルーマニア語専攻だがもう大学は卒業して、トランシルバニアの小さな町の先生になっていた。ちょっと醜く、格好わるく、歩くときは一足ごとにつまずいているような感じだった。服と言えば熊手に引っかけたような着方だった。初めから一緒にいると二人ともいい気分だった。二人のキチガイ、二人のインテリ気取り。ぼくは好きな作家の受け売りばかり、彼女は皮肉と喩え話ばかりだったから、ときどき、クルージュの街角での二人の長い、哲学的な会話の後で、お互いが相手の考えているのとまるで別なことについて話していたと気がつくことがあった。あるとき、街灯の下で立ち止まってぼくに尋ねた。「このクルージュという都会全体が、頭の中で遊ばれるただのゲームなんだと思わない？　いつかは覚めるはずの夢なんだと？」そのときはぼくもこの文句がばからしい借り物だと気がついて、皮肉な言い方をした。「ボルヘスもブエノスアイレスのことをそんな風に言っていたのじゃないか？」「いいえ、私がそう思うの。意味のあるものなど何もないとさえ思うの、すべては私たちの夢か、さもなければだれかが私たちのことを夢に見ているって……」彼女を現実に引き戻すことはできなかった。「エミネスク討論会」でぼくは自分の作品を一つ朗読したのだが、だれも何一つ理解できなかった。あとで、イリナと列車の車室に二人だけでいて、半分に切ったオレンジの皮のグラスでウォツカを飲みながら、その話をした。驚いたことに、彼女は理解していた。それからキスを許し、その先まで許したことにも驚いた……。先といってもちょっとだけだったが。

ブカレストに帰ると、彼女からほぼ二週間ごとに手紙が来始めた。情緒抜きの純粋に知的な手紙。何を読んでいるか、何を翻訳しているか……。ナボコフとD・H・ロレンスが大好きだ、英語でアメリカのポストモダン作家を読んでいる、ロバート・クーヴァーに夢中になった。彼女には疑いもなく批評の才能があって、その主張はだれでも言えるようなことではなかった。ようやく手紙の終わりごろになって、清潔な優しさが仄めかされていた。決まって「お休みなさい、スイート・プリンス」で結ばれた。しかしその間にぼくはブカレストの同級生が好きになっていて、イリナとの物語は影が薄くなっていた。だが、ついていない。問題の同級生も処女で、少なくともあと何年かはそのままでいたいという考えだった。ぼくたちは古い家々の玄関ホールで夢中になってじゃれあった。けれどもぼくは相変わらず童貞のままで、ああ神様、もう二十四歳になる。代償行為として、たいそう官能的な詩を書き始めた。ガールフレンドへの掛け値なしに現実的な愛情にもかかわらず、ぼくはだれとでも、婆さんとでも寝たかった！　なにしろぼくにとって、三十歳過ぎの女性はすべて〝婆さん〟だったから。そんな次第で、翌年またクルージュで、今度は『ルーマニア賛歌』の詩フェスティバルで、イリナに再会したとき、希望がよみがえったのだった。伝説的な「アリゾナ」（全く、最低のバーだ）の入り口で待つ行列の中で、遠くから見かけた。いつにもましてつまずき勝ちにやってきた。今は短い髪の房がほどけて頬に垂れていた。少し時を隔てて会うと、その都度彼女の醜さにはっとするのだった。薄くかさかさの唇、小さくめくれた鼻、生気のない頬……。だが目は、昔と同じように、活発な知性、ある種のロマンチックな狂気、周囲の一切への無関心を表していた。彼女の家に誘われたとき、鼠径部に突然ホルモンの作用を感じた。ようし、さらば幼年期よ、〝今度こそすべてうまくいく！《ジス・タイム・ナッシング・キャン・ゴー・ロング》〟。しかしそうはいかなかった。というのは、イリナの家にはフィンランドから帰国したばかりの姉のアドリアナもいたから。そうしてあのみじめな晩はずっと次から次へと分厚いアルバムを見て過ごした。フィンランドの黄昏、フィンランドの樅の林、シベリウスにベルゼリウスに悪魔リウスに湖リウスに……。アドリアナが出ていって楽しみが始まるのを何時間も待ち続け、結局出ていったのはぼくの方で、傷ついて、むしゃくしゃして、そうしてまた一年経った。唯一の、だがまことに頼りない慰めは、そのころ読んだ『天才と女神』の中でオルダス・ハクスリーが語っていることで、彼はなんと二十六歳まで童貞だった。そんなのもありなんだ。だがぼくはそこまでは行くまいと自分に誓った、そんな不名誉より死んだ方がまし……。

　しかし今日ではもうしばらく子供でいればよかったと思っている。なぜならばぼくが〝男になった〟あの日の午後が、今でもぼくの記憶の中でもっとも辛い汚いものの一つになっているからだ。イリナがブカレストにいると、それも住んでいると電話してきて（どうして？　トランシルバニアの学校は？　まずったのか？　そうだとしても、ブカレストになんの用が？）、彼女にとってたいそう重要な問題のことで会いたいという。「祖国防衛者《アパラトリー・パトリエィ》」駅まで、うんざりするほどメトロに乗った。そのブロックを見つけて、げろの散らばる階段を登り、シチューの濃厚な臭いが立ちこめるアパートに入って、イリナにキスした。頬からも髪からも同じ臭いがした。花模様のフードを被っていた。食べる気にならなかった、ぼくの問題を解決しなくてはならなかった。下手な妖婦の演技といった表情で、タオルをベッドに敷いてその上に腹ばいになった。並んでぼくも横になった。手回しよいことに、彼女がパンティを着けていなかったのにはびっくりした……。いくらか苦労して、ぼくは男になったのだが、想像していたような歓びと解放感はなく、その代わりに、シチューの臭いのいやあな感じと、あっという間に終わった悔しさと、なによりも、かたわらの臭う女と、壁の歪んだアパートと、窓のカーテンを透かして見える黄昏の空に至るまで、その午後に関わる一切に対する嫌悪しか感じられなかった。一刻も早くそこを出ることと、二度とイリナに会うまいということしか考えられなかった。彼女は内密の用事でトイレに隠れ、そうして大柄、巨乳、濃い恥毛（女性について全然違う想像をしていた）、腰の筋肉の盛り上がった姿で部屋の灰色の空気の中に戻った。ガウンを羽織って煙草をつけた。

ここでぼくの話のトーンは熱情的（言うなれば〝パセティック〟）なスケルツォから、なにか厳かな、悲痛な、はなはだ暗鬱なものに変わるべきところだ。しかしその午後にはなにも唐突な変化は起こらなかった。ただ日が暮れて、ただ薄暗がりが濃くなるばかりだった。映画の中のように（とあとで考えた）すべての辻褄がきっちり合うのを邪魔するものがあったとすれば、それはイリナがそのとき、まだ立ったまま、火の付いた煙草を指に挟んだまま、ぼくに言ったことそのものだ。「ミルチャ、私を助けて欲しいの、ある……ことで。私どうすればいいか分からないの」「というと？」ぼくはまだ嫌気にひたっていた。いい加減に脱いであったズボンの裏表を直し、そこから靴下を引っ張り出していた。「言うわ、はっきり」だが、言うべきことを直ぐに言う代わりに煙草を窓枠にそっと置き、鉛筆書きのあるノートブックの紙で灰皿をこしらえている。できあがるとそこへ灰を落として、煙草の先端のきれいな白熱部分がすっかり見えた。「秘密警察《セクリターテ》＊1に入れと言われたの……」

ぼくは血の巡りがわるい方で、大体いつもあらぬことを考えているので、普通、とっさに然るべく反応できない。自分の人生の重大な瞬間を、あたかもだれか他人の人生の小さな断片を体験しているみたいに生きていた。今度もそうだった。事柄がすぐには頭の奥まで届いてこなかった。「で、なんと

＊1　セクリターテはルーマニア社会主義時代の内務省国家保安部、秘密警察。強力な情報網にもとづく暴力機構で独裁体制を支えた。

言ったの？」と、ぼくは夢の話でも聞いているように、冷淡に尋ねた。イリナは愕然と挑むように、初めてぼくの目を見た。「はい、と言ったわ」そのあと鏡の前で役どころを演じているみたいに、長々と、しゃべる、しゃべる。田舎の貧乏教師で一生過ごすよりも、わたしの能力を評価してもらえるところへ行く方がずっといい……知的な若い男女が物事を内側から変えなくては……私も外国へ旅行できるし……いろいろな図書館に入れるし……いいことのために立場を利用できるし……。

もう聴いてもいなかった。少しずつわれに返った。おかしなことに、セクリターテのことを考えると、全然まとまらないつまらないことが次から次へと頭をよぎった。ブークル・オボール百貨店のビヤホール前の数百人の長い行列のこと。何人かのジプシーが前の方に割り込んだとき、たいそう苛立った男が大声あげてしゃべり出した。すると「あれはセクリターテだ、わしはあれを知っている」と一人の老人がこわごわつぶやいた。「あれは力がある、整理するだろうよ」ぼくのブロックには〝セクリスト〟がたくさん住んでいて、子供の頃よく彼らの子供と遊んだ。「もっと離れろ、野郎ども」で終わるジョークを思い出し、「いらないこと」を話すな、セクリストはどこにでもうようよいるからという母親の注意を思い出していた。セクリストとは、セクリターテとは何なのか？　なんでおれは、愚劣な小話にでてくるような、セクリストの女といっしょにいる男になったのか？　女がなるのはこれからだとしても？　ぼくはイリナがせっせとしゃべって、ＯＫしたのはいいことだったのだとぼくに（そうしてまず自分に）思い込ませようとするにまかせた。そうしてイリナは、ぼくが聴いていないことがわかってからも、なお長いことその弁論を一人で続けていた。まだどうやら顔は見えた。建物の薄い壁越しに、トイレの水を流す音や、テレビの音声や、音楽や、みんな聞こえていた……。口をつぐんでから、また煙草を一本つけて、黙って終わりまで吸った。それからぼくのそばに「うっとりと」横たわり、「甘く」キスして、猥褻に——このたびは「」なしだ——愛撫し、そうして始めからやりたがった。その時ぼくはその手を押しのけて、ロボットさながら、この場面の「ドラマチック」なものを何も感じずに、きみはばかだ、人生を駄目にするだろう、きっと他人の人生もだめにするだろう、そんな路を行くならもうぼくは知らないと言った。結局、もう提案を受け入れたのなら、ぼくにどうしろと言うのだ？「でもミルチャ、私には話す人が、相談相手がいなかったのよ。ここには知っている人がいないの、だれも親しい人が……。どうしても信用できるだれかに話したかったの……」アパートを出たときはもう夜だった。水たまりや泥やじゃりの道を、巡査に疑わしげに見られながら歩いた。家についてベッドに入ってから、ようやくその晩の不条理に気がついた。「ばかな女だ」とつぶやいた。だが妙なことに、ぼくは実は自分がばかなやつで、いま大きな失敗をやらかした人間だと感じていた……。煙草の臭いがしみついて頭が重く、全部忘れようと決めて眠った。

その後ぼくのセックス・ノートは好調だった。ハクスレーの運命の年の二十六歳までに、さらに四人の名前を情熱的な文字で書き込んだ。この問題については落ち着きを得て、ぼくはもっと哲学的な詩を書き始めた。〝筆下ろしの晩〟の何ヶ月か後、夜遅くイリナから追い詰められたような電話があった。泣き声で受話器に叫んでいた。酔っているのか？　飲むのをみたことはない。支離滅裂な言葉を一つの筋にまとめようとしてみた。彼女は極秘で内務省のエフォリエ通り寄宿舎に泊まっている。一緒にいる二人の同僚が「まるで売女、しょっちゅう私をなぐって、髪をむしるのよ、ミルチャ！」洗脳されてるの、ミルチャ、とんでもないことをしなくてはならないの、ミルチャ、もう我慢できないわ、ミルチャ！　鼻をたらした子供のようにみっともなくわあわあ泣くのだった。その晩やっと逃げ出して、公衆電話が見えたので飛び込んだ。どこでもいいから逃げなければ、隠れなければ！「うちへ来いよ」とぼくは受話器へ怒鳴った、だが電話はがちゃんと切れた。それから一晩中待ったが、来なかった。

その後の年月は、最悪になっていった。寒さと悲惨が始まった。それまではむしろジョークの種だったセクリターテが今は背筋を凍らせる神話となった。強迫観念がとめどもなく恐怖をひろげた。そのころ、しばしばイリナのことを考えた。あの哀れな女はどうしているだろう？　連中のきちがいじみた使命のどれかを受け持っているのか？　テロの道具になりさがったか？　現実を信じていなかったあの女、ナボコフに惚れ込んでいたあの女が？　長い空白を経て、あるときから、また彼女から電話が来るようになった。いつも夜おそく、そうしていつも金を貸せだった。声はますますしゃがれ、ますますすさんだ。ほとんどの場合、多分、酔っていた。ぼくは素寒貧だったから貸すことはできなかったが、いつも、その後どうしていると尋ねた。「何も言えないわ」と言って切るのだった。男なら誰でもするように、眠れない夜は抱いた女性のリストを、それが長くても短かくても、こまかに検討し、それぞれと何をしたか、夢うつつに思い浮かべるのだが、なんと言ってもとにかく最初の女性、だからリストがどんなに長くなろうともやはり最初に来る女性のことは忘れようがなかった。彼女の奇怪な選択にもかかわらず、いや多分まさにその故に、彼女に憐れみと同情を禁じ得なかった。どんな危険をおかしても、助けられるものならいつでも会って助けたかった。ぼくに悪いことはしないだろうと分かっていた。しかし、一九八六年からは電話もかかって来なくなった。イリナは深みに沈んだ。そうして永久にそうだろうと思った。

ところがそのころは想像もできなかったような状況で再会することになる。一九八九年革命の数週間後、作家連合の三階の小部屋で友達のネデルチュとハンニバルが一緒だった。そこにはぼくの勤務する〝ビューロー〟があった。ぼくは創作の家の係だった。しかしぼくの勤務は秋から春までの数ヶ月しか続かなかったから、そのころはまったくの失業状態だった。いや、ある夜はストーブを消し忘れてビューローに火をつけてやった。そこで今はドアのガラスは割れたまま、ストーブは真っ黒で、床板が二枚ほど焦げていた。ぼくたちの新雑誌〈コントラプンクト〉について喧々囂々《けんけんごうごう》とやっていたとき、狭い急な木の階段に靴音が聞こえた。溶けかかった雪を髪に散らし、白い革コジョックも雪だらけで、そこに現れた女性の顔をようやくイリナと認めたが、にわかに信じられなかった。トランシルバニア人らしく幅広の顔の厚化粧。また短くなった髪が、マスカラでべっとり固めた目の上におかしなブルトンカットでかかっている。ストーブが力いっぱいごうごうと鳴っていたから、それまで綿毛のようについていた雪がたちまち溶けて流れ出した。今は濡れたネコのようになった女は、一緒にいた間じゅう、ネコのようにぴりぴりしていた。ほとんど分裂病なみの意味をなさない言葉をしゃべっていた。友人二人はにやにや笑いながら眺めていた。「ここではあなたと話せない」というので、一緒に外へ出た。ヌフェリロール通りへ降りて、アテネ音楽堂まで歩いた。粉雪が激しく舞っていた。アテネの前の広場で、雪を被ったエミネスクの銅像の下でぼくたちは話した。周りはきらきらと真っ白だった。イリナは怖い、絶望だと言った。尾行されているのを感じる（「一九八七年のブラショフ事件[*1]に巻き込まれたの」）と。屋外でしか話ができない。何か仕事を探して、自分のことが忘れられているような所を探してほしいと、昔の友情に訴えた。「今あなたは作家連盟で働いているわね。私も連盟でなにか、どこかでやれない？　同時通訳ができるし、書記でも、校正でも、何でもするわ、それこそ何でも……」そのときぼくはばからしいお説教をした。「分かったかい？　ぼくが始めから、君はばかなことをしたと言ったろう？　さあ自分のことを見てごらん。君の才能が、君がしようと思っていたことがみんな、どうなったか？」ぼくは、彼女が顎を胸に落として、後悔の涙を流すのを待っていた。だが突如、皮肉な、昂然とした一瞥をくれた。あたかも「いいわ、ほっといてよ、そんなお説教は……」と言うように。絶望的な成り行きの中で、大きな暗い力がまだ生き残っているかのようだった。しかし、すぐにそれまでのめそめそした調子にもどった。「どうかしら、なにかやってくれる？　当てにしていい？」ぼくはまだ二ヶ月にしかならない下っ端の事務員で、指導部の人間に一人もコネはないと説明した。それは全くの事実だった。彼女は何も言わなかった。二人はもう少し歩き、そうして別れた。ぼくは熱すぎる小部屋に引き返した。「あれはだれ？」とネデルチュが尋ねた。「あれはただの……」

ぼくは作家連盟をやめて〈批評手帳〉に入った。そこの人たちと喧嘩してブカレスト大学の文学部助手になった。それからの十一年間、ぼくの生活は混雑し複雑になり、イリナのことを思い出せるような時間はほとんどなかった。それでも、大学広場の長い夜々に数万の人々と一緒に地学部のバルコニーを見上げながら、シュプレヒコールに声を嗄らして「セクリターテを倒せ、光を返せ」と叫んだときには彼女のことを考え、また炭鉱夫十字軍《ミネリアーダ》*2の乱入のたびに彼女のことを思い出した。曖昧模糊とした計画の中で、彼女について何か書くという考えはいつも頭にあった。ブラショフ事件に巻き込まれたナボコフか、とぼくは考えた。ブラショフのナボコフ。ベレヴォイエシュティの文書を焼くロバート・クーヴァー。インテリを悪魔扱いするD・H・ロレンス。そうして夜ごとにぼくに「お休みなさい、スイー

*1　一九八七年のブラショフ事件はルーマニア第二の都市ブラショフで起こったチャウシェスク時代最大のストライキ・騒乱。セクリターテは参加者を残酷に扱った。

*2　一九八九年革命後に旧体制を引き継いだイリエスク政権に反対する民主派の大学広場占拠などを暴力で排除するために動員されたジーウ地方の炭坑労働者のブカレスト進軍のこと。一九九〇年初めから数回くり返され、煽動・組織には元セクリターテが活躍した。

ト・プリンス……」と挨拶を送る恐怖の、怪物の、身の毛のよだつセクリタ－テ。

妙なことに、たまに思い出すイリナの姿は、フィンランドの風景写真でいっぱいの彼女の自宅でもなく、「祖国防衛者」街区の垢じみたアパートでも、雪の日のアテネ音楽堂でもなくて、クルージュの街をうろつきながら文学や形而上学のうわごとを並べていた、初めて会ったころのままなのだった。ハイヒールでよろよろ歩くところが、消しゴムでいい加減に消したようなシルエットが、目に浮かぶのだ。今これを書いている時でさえ、トランシルバニアの町の色とりどりな家々の前を通りながら彼女の話した声がはっきりと聞こえる。「この都会全体が、頭の中で遊ばれるただのゲームなんだと思わない？　いい、私には意味のあるものなど何もないの、ほんとうに存在するものなどないの……」

落日

何年も昔のことだが、おかしな一夜を体験した。ぼくの生活に事件は乏しい。いくらかおもしろい思い出があれば、それを自分の本の中でぎりぎりまで絞り出すのだった。とはいえ、いろいろな理由から、書けなかった話もある。作家である以上「すべては売り物だ」というのはただの理論に過ぎない。現実には、たくさんの気遣いと遠慮のために、一見どうでもよさそうでいながら、傷つきやすい（気遣いそのものがその証拠）自身の奥底への通路になりそうな事柄をスキップする。ぼくらは「われわれの人格」と名付ける社会的なインターフェースではない。その背後に存在するあるもの、比べようもなく膨大な存在がわれわれの思考と行動を繰り返しコントロールし、成形し、検閲しているのである。

その日の午後はポンピドゥー・センターでアンドレ・ブルトンの大きな展示を見た。ブルトンというのは口実で、実は滅多にまとめて一箇所では見られないようなシュルレアリスムの多様なイメージが展開されている。同行したのは泊めてくれている若い友人夫婦で、これは多くの意味で混成カップルだった。人種が二つ、宗教が二つ、芸術ジャンルが二つ、だが何よりも極端に対照的な二つの相貌。あるデルヴォー[*1]のガラスに映っていた細君の顔を眺めた。ちょうどそこに、人気のない駅で誰かを（だれを？）待っている裸のブロンド女性たちに取り囲まれているように見えた。その女たちとそっくりだった、うなじで荒っぽくカットした髪型は別だが。それから、当然、服も別で、特に例の男っぽい黒いシャツは、一緒にいた一週間、それを着ているところをよく見たものだ。このシビウ生まれのルーマニア女性が同棲のアルジェリア人をどうやって見つけたか、ぼくは知らない。ぼくが知っていたのはもちろん彼女で、同じ女性音楽家である共通の友人を通じて知った。彼の方は誇り高きベルベル人で、その印として、アトラス地に赤い波紋のビロード帽子を決して脱がないのだとぼくは思っている。それを別にすれば、彼女同様、ひょうきんで、こだわりがなく、いささか怠け者だった……。何で生計を立てていたのか分からない。というのは、俳優稼業で暮らせたとは思えないから（自分でもそうは言っていなかった）。一応彼に合いそうなのはオセロ役だけだが、そのころパリで『オセロ』がそうしばしば演じられたとは思われない……。展示の中では一つの絵を覚えている。ぼくは自分がいささかキチガイだと思う。ときどき、画に惚れ込んで、文字通り美術館をぶちこわしてそれを抱えて出たくなることがある。

あの日、それはマグリットの[*2]『落日』だった。壊れたガラス窓、その下に立てかけられた長い破片、そこへ黄昏の日光が様々な角度で反射している……。

それからぼくたちは活気あふれる街中（それはパリがおしっこと伊勢エビの匂いを漂わせるシーズンだった）へ出て、ディスカウントショップ・タチの店を二つほどかき回し、かなり早い時間に夕食をレストラン「ル・ルヴァン Le Levant」で取り（それは友人たちのプレゼントだった、ちょうどぼくの本『レヴァント *Levantul*』が出たところだったから）、彼らはそこの大きな黄色い看板の下でぼくの写真まで撮り、それからメトロの迷路を楽しく迷ったあげく、家に着くと、窓の落日はもうとっくに終わっていた……。

その夜ぼくは妻を裏切ったのだろうか、とぼくはいつも考えた。今でも分からない。けれどもあのときに比べると、今はずっと気にならなくなった。あの翌日のブカレスト行きの機内、また空港で妻を抱

＊1　ポール・デルヴォー（Paul Delvaux, 1897-1994）はベルギーの画家。裸の女性、駅、電車といったモチーフをたびたび描いている。

＊2　ルネ・マグリット（René François Ghislain Magritte, 1898-1967）はベルギーの画家。シュルレアリスム絵画を代表する存在として知られる。

きしめたとき。また、とりわけそのあとの夜、セックスをしながらすべてを思い出したとき、危うく泣き出すところだった。妻に起こ（らなか）ったことをみんな話そうとしたが、突然思い出したのは――同じことではなかったけれど――フリオ・コルタサルの短篇で、そこではあるカップル（愛し合っている男女）が昔の空想を実践する。二人は海へ行き、協議の上で、同じ夜に、それぞれが知らない相手と寝る。翌日もその後も一度もその夜のことを決して仄めかしたりはしないのだが、どうしても忘れることはできず、結局二人の関係は壊れる……。

　彼らはぼくと一緒の最後の夜を選んだ、多分このことを二人でいろいろ話し合ったのだろう。多分その前の夜々、暗闇で、愛撫し合いながら、空想し、全部企んでおいたのだ。あるいは二人はよくそういったことをやっていたのかもしれない、あそこではたいそう多くの人たちが、よくそういったことをやっているのかもしれない。七月のその晩はグラッパをさんざん飲んだので、テーブルの上に低く下がっているランプをいつもと違って点けていないことに気がつかなかった。また、やっと顔だけ見える程度になってからだいぶ後に、グラスを持って、寝室へ移ったあとでさえ、特に変だとは思わなかった。それまで半開きのドアから、青と黄の縞のシーツが乱れているベッドの角しか見えなかった部屋だ。だがそれからもアラン・レネ[*1]とジョルジュ・ブラサンス[*2]とベルナール・ビュフェ[*3]のことを話し続け、彼女（一瞬実名を使いたくなった）がまだなにかバレーの振り付けのことをしゃべりながらブラウスを大きくまくって乳首を露わにしたときになってようやく、ぼくも何が始まっているのか気づいた。

アルジェリア人が笑顔で振り向いて、妻を二人で愛してはどうだいと尋ねた。答えは分かりきっていると思ったらしく、返事を待とうとはしなかった。ブラウスをすっかり脱がせてベッドに寝かせ、そのわきに横になって、手をミニスカートの下に滑らせた。今まで見たこともないほど酔ったブロンドの女はぼくと目を合わせてルーマニア語で「さあ……なにしてるの……」と言う間だけ愛人の唇を外した。

ぼくはベッド脇のちいさな革の肘掛け椅子にかけ、グラスを手にしていた――それから床においた――が、自分がこの一件の中にいて、その男が暗がりに素っ裸で、女が雑誌のグラビアのように黒い網タイツだけなのを見ているというのが（たしかにパリのことだが、夢でも想像でもなくて）現実のことだとは信じられず、そうして何よりも信じられなかったのは、準備された奔放なセックスの一夜に自分の気持ち一つで参加できると言うことだった。何をすればよかったろう？　あまり先の結果を考えることはできなかった、興奮で震え出していたから。ぼくがもしシャツのボタン一つでも外したら、もしほんのちょっとでも同意のゼスチュアをしたら、すべてが決まっていたと思う。しかしぼくが決心する場合

＊1　アラン・レネ（Alain Resnais, 1922-2014）はフランスの映画監督。代表作に「去年マリエンバードで」など。
＊2　ジョルジュ・ブラサンス（Georges Charles Brassens, 1921-1981）はフランスのシンガー・ソングライター、詩人。
＊3　ベルナール・ビュフェ（Bernard Buffet, 1928-1999）はフランスの画家。

ではなかった。ぼくの人格の背後に存在する、あの巨大な存在について話しておいたが、ぼくの代わりに決定したのはまさにあの存在だった。あの一年、結婚して以来、エロチックな夢の中で妻への裏切りを引き止めた(そう、夢の中でさえ!)その同じ存在である。夢の中のすてきな、熱い、欲望をそそる女性が長い黄金色の髪にくるまっているのを腕に抱き、内密なところをながめ、いっしょに愛の情熱の動作にいざ入るばかりのとき、いつも必ず何か起きるのだった。ドアが開いて大勢どやどやと入ってきたり、頭が肩から落ちたり、あるいは、ただ、女の股間をよく見ると、人形のように滑らかだったり、ひどいときは男だったりした。妻を愛している限り、文字通り——残念ながら夢の中でさえ——妻を裏切ることができないのだった……。

参加はできなかった。だがぼくはそこに、絹の肌着をかぶせたランプの琥珀色の光の中で、何時間もそのベッドの中で進行する一部始終を夢中で見つめていた。ぼくに贈られた異様な薄暗いプレゼントのお礼を、だれに言えばいいか分からなかった。女がわざわざ一番屈従的な体位をとろうとするのを見た。女がひざまずいて最高に甘い責め苦の間にいどむようにぼくの視線を捉えるのを見た。欲望にふくらんだ彼女の唇にもっと近寄ってちょうだいと願うのを見た。彼女の金色の肌の上に指の軌跡が深紅に映えるのを見た。女のへそのカタツムリ様のくぼみへと一粒の汗が流れるのを見た。女のルーマニア語の猥褻な単語と叫び声が聞こえたのはもうこらえられないときだった。女が体を横に、まだ貫かれたまま、しかし灼熱のアスファルトの上で静かに蒸発していく水たまりのように、シーツに沈み込むのを見た……。最後に、女が重たげに起き上がり、濡れた股間に片手を当ててバスルームへ行くのを見た……。

女が戻ったときにはもうそこにぼくはいなかった。

翌朝彼らは食卓でコーヒーを飲んでいた。それはぼくのパリ・バカンスの六日間の朝と同じだった。同じ新聞——たくさん下に散らばっていた——、同じクロワッサン、窓から見える同じ急ぎ足の人々。いったい、その朝、二人も正常人らしく見せようと無理していたのか、それとも、要するに平気だったのか？　彼女と別れ際に戸口で兄弟のように両頬にキスした（だがぼくはこれまでの人生でこれほど親密に知り合った女性はごくわずかだったと考えていた）。一方、彼はバービー・ピンクのフィアットでオルリー空港まで送ってくれた。そこでぼくたちは握手し、肩をたたき合った。決まり文句のあれこれ。またパリに来たら寄ってくれ。さよなら《オールヴォアール》。オールヴォアール。

この種のことはこんなものなのさ、とぼくはいつも自分に言い聞かせる。起こることもあれば起こらないことも。そうしてこれはおまえのせいではなくて……。誰に分かろう、成り行きだ……言うなれば……。決して分かるはずのないことだが、果たしてどうなっていただろう、あの晩、もしぼくがもっと飲んでいたら、もしぼくがこれほど妻を愛していなかったら、そうして、もしも何時間か前に、太陽の破片がその刃で傷つけ合いながら沈んでゆくマグリットの画の魔術にあれほど麻痺していなかったら、どうなっていたことか……。

耳を伏せて

これからする話は時間の底に深く埋まっている。当時ぼくは二十六歳で、それまでのところ、人生では何一つ悪い事はしていないと本気で思い込んでいた。もっともっと情けないことに、それから十年ほど経ったあとでもまだこのばかなことを信じていたのだ。これはぼくがなかなか成熟できなかったという証拠であり、自分のまわりや自分の身の上に起こっていることをわずかずつでも理解し始めるのにどれほど骨が折れたかという証拠である。さらにそれから十年の時が経った今は、ぼくの人生が実は、おそらく周囲の多くの人の人生もそうらしいが、残酷さ、無慈悲、無理解、悪意のための悪意、愚行のための愚行の長い連続だったと分かっている。今は、成熟するとは、まっとうな人間であるとは、自分が根本的に、なによりもまず、悪人であると理解することにほかならないと知っている。数年来夜は眠れず、日中は仕事に集中できない。なぜかというと、過去のぼくの最もつらく、最も恥ずかしく、最も苦しい数々の経験の生々しい映像が絶えず記憶の中に突出するからだ。そのあるものはどうにも耐え難く、それから逃れようとして、心がぐしゃぐしゃになるのを見まいとして、目をつぶり、遠くへ行けと手を振りまわすのだ。いや、ぼくは人を殺したこともなく、暴行も泥棒もやらず、人を監獄へ送ったこともないが、だからといって他の人に対して、それも多くは愛しい存在に対して、ひどい苦しみを与えなかったということにはならない。子供時代から青年期を通じて、母親に向けていた冷淡と無関心を決して自分に許せないだろう。ぼくの誕生日に母が自分の好みでジャケットとかシャツとかを買ってくれ、ぼくがありがとうも言わずに、気に入らないよ、そんなの着ないよと言ったときの母の涙。子供の頃、妹をどれほどのサディズムでからかったか、ペットをどれほど暴君として扱ったか、とても忘れることはできない。これはみんな、ともかくも口に出して白状できる範囲のことだが、ほかに自分にさえ言えないことがある。

昔すごく感じやすい猫を飼っていた（この猫の思い出がたぶん一番つらい）。今でも目に見えるようだ。胸は白く、背中に灰色の筋が走り、顔は注意深くていかめしい。道で拾ったときはやっと生後数ヶ月だった。家の中で飼った。玄関のドアが開いていても、一足も出ようとはしなかった。記憶が確かだとすれば五か月ぐらいのとき、ぼくの本の角か何かをかじって、ぼくはかっとなった。つかみ上げると、スリッパのまま踊り場へ出た。エレベーターを呼んだ。抱いて入った時、子猫は怯えた子供のようにひいひいと悲鳴を上げた。でもぼくの決心は変わらなかった。ビルの後ろに回って、地面に下ろした。ぼくの足にへばりついてくる。それを何度も蹴って追い払うと、とうとう子猫は絶望のうめき声を上げながら駐車しているダチアの下へもぐりこんだ。興奮して家に帰ったが、しかし心は石になったままだった。家猫の彼女は外では生き延びるチャンスが絶無だということ、だから事実上ぼくがこの手で子猫を絞め殺したようなものだということが、ぼくにはわかりきっていたのだ。だがそのときぼくの心の眼はまだ開いていなかった。今では、こんな一つの行為が一人の人間の人生を汚すに十分なのだと知っている。あれから何週間も捜したけれど、二度と見つからなかったこの猫が、今ぼくの脳天に打ち込まれた血まみれの釘となっている。そうして、もしそれ一つだけだったらなあ！

さて、二十六歳のぼくはコレンティナの外れのある小中学校の教師だった。毎日二十一番の電車で通っていた。寂しい風景の中に降りる。ぽつんと立つ貯水塔、ここから折り返す電車のレール、鉄パイプ鋳造工場が一つ。自動車整備工場のそばを過ぎて、ようやく、崩れかけて、汚らしい黄色に塗った学校に着く。ぼくの内面もやはり寒々としていた。学生時代以来の大恋愛に破れて、まだ苦しんでいた。日暮れ時は責め苦だった。空が血のように赤く染まると、すぐに絶望と苦悩の波が迫るのを感じていた。それは何か生理的なもので、位置を胸の中心部に特定できる痛みだった。もう息ができなかった、死ぬほど苦しかった。朝は学校と騒々しい子供たち、晩は孤独と胸の中心のあの過酷な痛み、そのころのぼくの生活はそんな具合に過ぎていった。

そのときロディカと知り合った。文学サークルの集まりのあとで公園に出て、何とはなしに彼女のそばに座った。魅力的な娘ではなかったが、孤独なぼくにそれは問題ではなかった。第一に、彼女はとても若く、あと幾日かで満十八歳になるところだった。高校を終えて、休暇に入っていた。ぬいぐるみの熊に似ていた。金髪、ほとんど睫のない眼、体は逞しくて背が低い。話し方にも一つ変なところがあった。二言目には、なんの脈絡もなく、〝耳を伏せて〟と言う……。この文句が、いたるところに振りまかれ、予知不能だった。おそらくそれは高校生の流行りの表現で、なにかの状況を強調するスラングなのだろう。ちょうどあの時も、明るい照明のテラスで、ぼくが詩のことや、最近読んだエズラ・パウンドについて話し始めて、いくつかの詩句（メトロの駅にいくつかの姿が現れるところ）を口ずさんでいたら、彼女はビールのジョッキにじっと目を注ぎながら、「ええ……耳を伏せて」と応じたのである。それでもぼくたちは友達になり、夜中の二時頃公園を出て、トロリーバスの停留所まで送ったとき、ぼくは彼女の丸々した湿っぽい手を握って、また会おうねと言った。

ぼくたちはそれから翌月いっぱい会っていた。彼女の誕生日には一緒だった。そこでは、気がつくと娘たちの中にたった一人の「男性」で（事実、それまでにぼくは二十七歳になっていた）、あと四、五人のロディカの女友達はみんな子供っぽく、不格好だった。その際にロディカの母親にも会った。たいそうお年寄りだった。そのほかは日当たりのいい街路を散歩して、いつも同じ昔の級友たちのことをきりもなくしゃべるのを聴いていた……。二週間もするともう退屈になった。ぼくに必要なのはこんな関係ではなかったけれど、しかしやめたらぼくにあるのは空っぽの部屋と酷薄な苦悩の晩だけだった。だから続けた。

シュテファン大公大通りのぼくのブロックのテラスからは全ブカレストが見渡せた。そこで彼女を腕に抱き、丸っこい汗ばんだ顔にキスし、それから子供っぽい唇に。ぼくの腕から身をほどくと、「耳を伏せて!」と言った。別の日のこと、晴れ渡ったすばらしい陽気だったが、突然大粒の雨が降り出し、二人はたちまちずぶ濡れになった。雨宿りをしようとゾイア・コスモデミアンスカヤ高校のアーケードめざして走った。ロディカの濡れたワンピースから湯気が立ち、透き通ったあたりに、わきをゴムで結んだかわいらしいテトラ・パンティが見えていた。後ろからぼくの腰を抱いて、柔らかい下腹を押しつけた。シャワーから出てきたように髪の毛が濡れていた。

次の日に自分の写真を持ってきた。白黒で、「これしかないの」。写っているのが彼女だとはちょっとわからなかった、それはせいぜい十二歳だったから。墓掘り人みたいな感じの大きな雄鶏の縫いぐるみを抱えている。ロディカはぼんやり下を見ていた。その写真では今よりもっと肥って、もっと無防備に見えた。この写真は今も持っている。もし世界の悲しみの中心なるものが存在するとすれば、おそらくそれで、今はぼくの書架の上の抽出の中にある、ボルヘスの物語の地下室の中でエル・アレフが輝いていたように。

七月にぼくは青年作家キャンプでバナート地方のどこだったかに出かけた。そこである色情狂の女流詩人と出合ってさんざんな目にあった。セックスと酒と嫉妬の悲惨に首までどっぷりつかった。この女は一軒の丸木小屋にぼくと泊まったが、そのかたわら「来いよ」といわれればだれにも身を任せた。つまりキャンプの男性参加者全部に、朝から晩まで。キャンプからもどった時のぼくはほとんど半死半生だった。アスファルトの溶けた炎熱の街に入るとすぐに、ロディカから陽気なうれしげな電話を受けた。すぐ会いたいと。そこで翌日、葉陰濃く下草を刈ったばかりのチシュミジウ公園で落ち合った。手をつないで歩いているときに、——なぜと聞かないで欲しい——ジョッキを前にして仲間の誰かに話すような具合に、彼女に向かって、キャンプでのアバンチュールの一部始終を事細かに話し始めた。ぼくの手を握ったままロボットのように歩きながら終わりまですっかり聴いていた彼女の顔は、蠟のように真っ白だった。ぼくはなお、これ以上一緒に散歩してもしようがない、みんな終わりだ、と言った。ベンチに腰を下ろすと、二人ともまっすぐ前を見ていた。突然彼女は立って、去った。

二週間ほどしてまた連絡を取った。退屈凌ぎだった。電話でくどくど話し、また会う気にさせるまでずいぶんかかったが、やがてまたうれしげになった。みんな水に流したわ。テニスを一試合やったあと、部屋に連れてきて、抱いた。彼女には初めてだった。まるで愉快でなく、苦痛だった。もう彼女に対して情愛のかけらもなかった。数日後、気分がわるくて診察を受けたと言った。体内のミネラルになにか不調があるようだと。妊娠したのではないかと心配になり、彼女にそう言った。すると見たことのない表情でぼくの顔を見たが、その意味をつかめなかった。そうじゃないわ。ほっとして、楽しくなって、今度こそ改めて最終的に彼女と縁を切る最善のチャンスだと感じた。彼女に言った。ぼくは彼女を愛せないと、そうしておそかれ早かれ結局こうなるはずだ、と。きみさえよければ友達でいようとか、こういう場面で誰でも言うようなおしゃべりを並べた。それはどこかスキトルマグレアヌ通りの近くでのことで、小さな店でパイを食べていたと覚えている。彼女は食べるのをやめ、フォークを見つめていた。ぼくの不出来な心のこもらないおしゃべりが終わってから、しばらくの間彼女は黙っていた。それからなにかひとりごとをつぶやいた。「なんて言ったの?」と、彼女の睫のない目に涙が浮かぶのを見ながら訊ねた。「耳を伏せて……」と、またつぶやいて肩をすくめた。それがロディカから聞いた最後の言葉になった。テーブルを壊しそうな勢いで立ち上がり、ちょうどすぐ近くにあった停留所から動きだそうとするバスに飛び込んだ。

二十二年の間、ぼくは彼女の消息をいくらかでも知ろうとした。しかし、重い病気で、あの夏以来家から一度も出られないという、だれでも知っていることのほかは分からなかった。ごくまれに、人文系の雑誌に彼女の署名がついた短い文章を見た。ときには詩を。いつも、読みながら、マクベスが血の付いた手を見て抱いたであろう感情を味わった。

ある詩に、病気が次第につのる女が出てくる。どこがわるいのかだれにも分からない。だが長く苦しんだあげく、とうとう亡くなり、生体検査が行われて、腹から重い、灰色に輝くボウリングのボールほどの大きさの真珠が出る。それは世界一大きく重い真珠。

ヴィクトルとイングリッドはある秘密を共有していた。というか、少なくともヴィクトルはそう思っていた。彼にとって、イングリッドとこれほど深くおかしな具合に結ばれたのは、まるで夢の中か別の人生でのできごとだった。ときどき、愛したあの少女がずっと前にすっかり忘れていてくれたらと心の底から願った。またあるときは少女も自分と同じように追憶にさいなまれることを望みたかった。二人の間に一つのつながりが欲しかった、たとえそれが苦しい、口に出せないものでも。いつも、授業のあと、夕方遅くイングリッドを家へ送るとき、真っ赤な夕焼けのことでなにかしゃべりながら、彼女と視線が合うと、ヴィクトルはその眼の色からイングリッドがどれだけ知っているのか、どれほど覚えているのか、多少は気にしているのか、知ろうとした。古い黄ばんだ建物が並び、でこぼこな砕石の路面に靴音がよく響く通りを歩いた。もしかあの娘も同じようにぼくのことを探っているのかな、ぼくがまだ知っているだろうかと思っているのかな。彼女の心の奥にも、ヴィクトルのとそっくりそのままな秘密の部屋があるのだろうか？　毎晩眠る前そこに入るのか、彼と同じに？　そんな夜に、彼らの二つの心の宮殿の二つだけそっくり同じ部屋が一つに融合し、二人がそこで出会い、もう一度あのときのように見つめ合うことを、ヴィクトルは狂おしいほど願い、同時にぞっとするほど怖れていた。

もう夢の中かあるいは別の人生かのような遠い昔、二人とも、町でも一番きれいな街区にある小さなヴィラに住んでいた。ヴィラの内側の階段で、納骨堂ふうの薄暗がりで、子供たちの群がいつも何かやっていた。わずかに入る光線がペンキを塗った壁に反射して、人形の銀紙の顔のような子供たちの顔を照らす。同い年のヴィクトルとイングリッドが五歳になるちょっと前のある日のことだった。イングリッドが何かの遊びから抜けて、ヴィクトルの手を引っぱって大きな階段を登った。ヴィクトルは二階までは滅多に上がらなかった。その踊り場は遙かに遠くおそろしいところだった。彼にとっては茫漠と霞む世界の一方の果てであった。しかし今イングリッドは、キャアキャア笑いながら、息を切らして、もっと上へ、行ったこともなく、考えたこともなく、怖ろしいお話でしか聞いたこともない三階へ、彼をひきずっていった。イングリッドは青いくしゃくしゃのサテンの布切れで髪を結わえ、白いワンピースを着ていた。ひびの入った、ほこりだらけのくり抜きサンダルの留め金に子豚モデルのソックスがかぶさっている。「そら早く」と言った。「ぐずねえ!」

影と狂気の世界。人気のない踊り場のうえに屋根の明かり取りから光の筋が長く引いていた。耳の中がしーんと鳴っていた。イングリッドは真っ赤になって笑っていた。この階の住人の巨大なドアと訳の分からないガスのメーターを眺めまわしていた男の子に「さあお医者さんごっこするの、だけど誰にも言っちゃだめよ」と言って、女の子はパンツを脱ぎ、ワンピースをおへそまでまくり上げて、緑色に塗ったベンチの上であおむけになった。男の子は女の子の体の深紅の内部を見た。男の子にも半ズボンを脱がせてベンチに寝かせると、女の子は両手のひらで顔を隠した。すべすべした子虫の方に一度だけちらりと目をやった。それから二人は人の住む世界へ降りた。そうして時間と沈黙と別離がすべてを覆った。

今は同じ高校に通って、ときどき一緒に家路をたどるのは、またおなじ街区に住むようになったからだ。ただ、幼時の街区とはまるでちがうところだった。二人は十六歳になっていた。彼女は彼より背が少し高く、ずっときれいだった。痩せた色黒の少年があの忘却に沈んだヴィラの昔の男の子だと気づいている様子は全く見せたことがない。親しくなったのは二人とも詩の本を地区の図書館で借りるからだった。図書館にはもう忘れられたある作家の名が付いていた。授業の間の休み時間にクラスメートが音楽やサッカーの話をしているとき、ヴィクトルは詩の本を持って幅跳び砂場の縁で次の時間が始まるまで読んでいた。イングリッドがある日彼のそばに座って一緒に読んだ。それから公園で一緒に読み、ときどき彼女の家で一緒に読んだ。それは陶器とおばさんたちでいっぱいな家だった。クラス一番の美人がどちらかと言えばぱっとしないひよわな男子生徒に家へ送らせているということは誰の目にも（とりわけヴィクトルにとって）大きな謎だった。ある晩、イングリッドが最近のクラスの騒ぎのことを話していたとき、ヴィクトルは何気なくデスクの上にあった落書きでいっぱいの紙をたたみ始めた。イングリッドは話をやめて、彼の指が紙を斜めに折り、角を重ね、まるでシャーマンか昆虫かなにかのような器用さで平らにのばすところを見ていた。

「飛行機を作っているの？」と訊ねたが、さらに幾度か折ったところではっきりした。たくさんの対称的な角のある複雑極まる構造をもった紙は全然別な、なにか生き物のような、双葉を重ねて胎児の形にしたようなものだ。ヴィクトルがその折り紙を脚のような二本の角でつまみ上げているのを見て、イングリッドがまた訊ねた。

「それなあに？」

ヴィクトルは微笑み、頬をふくらませて、妙な塊の尖った端の穴から息を吹き込んだ。それはたちまちふくらむと、顔に落書きのある尖った角の生えた悪魔となり、ふざけた口からべろりとナイフのような舌を出した。イングリッドは腰掛けていたベッドにのけぞって、おかしさに体中を震わせ、涙を流して大笑いした。それからというもの少年は毎日一つずつ折り紙モンスターを作ってきて、休み時間や、帰宅の路上や、彼女の部屋や、さては二度ほど一緒に行ったことのある映画館で、彼女の目の前でいきなりふくらませた。そのたびにイングリッドは同じように大喜びした。モンスターの大きさはいろいろで、やっと見えるぐらい小さいのから、子供の頭ぐらいのやつが包丁ほどもある生意気な角を出していたりした。どの紙にもヴィクトルは文字が内側に隠れるように念を入れて、〈イングリッド、君が好きだ《テ・ユベスク》〉ときれいに書き込んでおいた。

季節は冬へと進み、深く厳しい冬で、雪は止みそうになかった。五時にはもう日が暮れた。濃い繊細な青色のノスタルジックな日暮れだ。そのようなある日の暮れ方、窓に雪が激しく降りつけていたとき、イングリッドがはたとおしゃべりを止めた。長い間二人はだまっていた。それから娘はベッドに横になり、ワンピースをたくし上げて言った。

「来て」

そうしてヴィクトルは、あのときと同じようにおずおずと、少女の体の細い割れ目から深紅の輝きがのぞくのを見た。まるで彼女の体の内部がすべて深紅に溶けているようだ。

「覚えてる?」とイングリッドはささやいた。「今度は私も見たいわ」

円卓の上に大きさの順に並んで、常夜灯の淡い光で半ば透きとおった何十個ものモンスターが、貪るように、シーツの上で抱き合う全裸の体を見つめていた。

ヴィクトルとイングリッドは今や〈公認〉カップルだった。休み時間には廊下で落ち合い、暖房のそばで、クラスメートらにどう言われるか気にもせず、手を取り合っていた。たどる家路は吹雪がまともに吹き付ける。風の当たらないところを捜した。街灯の光線の中を静かに降る雪。古いマンションビルの入り口に寄りかかってキスに夢中になり、暗い玄関ホールに入り込んで、重い上着のボタンを外し、服の下へ下へと進む指で、あえぎ求めた熱い肌を、若い体の湿り気と甘さを感じるのだった。冬の間じゅう、もうセックスのチャンスはなかった。イングリッドの家の中ではおばさんたちの数が（陶器たちの数も）毎週増えていくような気がした。

冬休みにイングリッドはあるスキー合宿で山へ行った。一通だけ手紙が来た。日付は合宿の一日目。もうゲレンデに出たの。急滑降のときの日光を浴びた雪煙のようすを書き綴っていた。インストラクターはすごく素敵な人よ、掛け値なしのチャンピオン。仲間も気持ちのいい連中です。手紙の終わりでイングリッドはキスを送り、早く会いたいと書いている。読みながらヴィクトルは胸が苦しくなった。彼はスキーをしたことがない。ダンスをしたこともない。お金を持ったことがない。イングリッドといっしょの未来など想像できない。だが彼女なしの未来なども。思いに沈んで、無意識に手紙を斜めに折り、それをまた斜めに折り、それからたたみ、またたたみ、おしまいに一吹きでふくらんだ全身文字だらけのモンスターが、彼をからかうように牙をむいた。

イングリッドが合宿から帰るはずの日から何日か経ち、さらに一週間経った。ヴィクトルには電話一本来ない。とうとう彼の方からかけてみたら、おばさんが出た。彼女はずっと前から町にいます、今は映画に行きました。その時から少年は夕方が我慢できなくなった。暗くなり始めると窓際へ行き、ガラスに額を押しつけて、やりきれなくなるまで冬の黄色い黄昏を眺め続ける。それから外へ出て知らない界隈をさまよった。時にはあまり遠くへ来て、ひどく異様な家々――ひびが入って今にも崩れそうな壁の石膏装飾、黄ばんだ新聞紙でふさいだ窓――にかこまれて、少年はパラレルワールドか夢の中にいるような感じになるのだった。ある日の夕方、気がつくと幼時をすごしたあたりだった。大昔のヴィラはすぐ分かって、納骨堂ふうの暗闇へ入っていった。中の空気の冷たさ。闇の濃さ、そうして壁に映る光の乱舞。ヴィクトルは大きなホールを巻く内階段をゆっくり登った。昔の脅えと怖れが身を包んだ。今度も二階が世界のさい果てと見えた。それでも、自分にあるとは思いもかけなかった力を振り絞ってなお登り続けて、ようやく三階の踊り場に出ると、すべてが昔通り、昔のままだ！　三階の居住者のドアはやはり巨大に見えた。ガスのメーターは元の位置にあり、ベンチも同じで、ヴィクトルはその上に腰を下ろして長い間身じろぎもしなかった。しばらくして「イングリッド」と言った。その言葉は、その踊り場で、その世界で今までに聞かれたたった一つの言葉かのようだった。

学期が始まって、ヴィクトルはイングリッドに再会した。彼女はきれいでうれしげだった。授業のあとの夕方いつも自動車が彼女を待っていた。若い男性がドアを開けると、彼女は乗ってシートにうずくまる。そうして車は宵闇に溶け込む。イングリッドはヴィクトルとはいつもただのクラスメートでいい友達だというように、仲良く親しげに振る舞っていた。ときどき廊下で出合うと、一言二言交わした。……「覚えているかい」とヴィクトルは尋ねてみたかった。しかし、彼が決して忘れようもないことを彼女はまたすっかり忘れてしまったふうだった。

季節は春へのレールを滑っていた。ヴィクトルは不幸の風景を縦横に経巡っていた。たいそう長い詩を書き、街路で凍えた。どうやって冬を生き延びたのか分からなかった。ある日、何かをさがしていて両親の戸棚の奥に妙な包みを見つけた。使い古しの紙袋の中に、両親は彼の乳歯を全部とってあったのだ。触ると滑らかで、真珠母のようにぴかぴかしている。その歯が揺らいだこと、ドアの閂《かんぬき》に糸で結びつけて次々に抜いたことが思い出された。父親がドアをばたんとやると、歯はひもにぶら下がっていた。ひもにはちょっと血がついていた。夢見るように、ヴィクトルはつやつやした小さな歯を指でまさぐっていた。舌で触ってみた。甘くて生温かかった。その昔は体の一部だったのだ。

突然、イングリッドから電話があった、数ヶ月ぶりだった。

「うちへ来て。お話ししなくてはならないの」と、ほとんどそれだけ。さよならも言わずに切った。

ヴィクトルは弾かれるようにとびだした。外は湿っぽい陽気だ。彼女の家は静まりかえり、角々でおばさんや骨董品が見張っていた。イングリッドの部屋の丸テーブルにはもう折り紙モンスターは一体もない。だが彼女はベッドに横になっていて、冬の間の誇らしげに幸せな面影は跡形もなかった。彼女が愛していた男性は去り、今イングリッドの体の深紅の深みには複雑に折りたたまれた胚組織があった。もうそれ以上は言えなかった。顔中に涙が筋を引いていた。震える指でブラウスのボタンを外しながら、ヒステリックに「来て!」と呼んだ。「あいつなんてかまうものか。あいつが何だっていうの?」

ヴィクトルは立ち上がって、乳房をむき出したイングリッドがベッドにくずおれ、枕を咬んで唾でべとべとにして、身をよじり、シーツをかきむしるのを、見返りもせずにドアへ向かった。

家に帰ると少年は長いこと窓際に立ち尽くした。向かいの家の七面鳥を眺めた。年取って禿げ禿げで、できものだらけで、立っているのがやっとだ。ブロックの中庭一杯に黄色っぽい光がひろがっていた。額を窓ガラスに押しつけて「イングリッド」とつぶやいた。しばらくして、本で一杯のデスクに座った。デッサンの束から一枚大きな紙を取り、その裏に「イングリッド、愛している」と書いた。それを折り、たたみ、次第に小さく、いよいよ複雑になり、やがてまだ形の分からぬ尖ったものが両手のひらにかぶさった。その穴から力一杯息を吹きこむと、モンスターの頭と角と鼻先からぶらりと現れた舌が一挙にふくらんだ。ヴィクトルがつかんでいるのは今までに作った一番大きな紙のモンスターだった。水彩画のセットを開けて、真っ赤な絵の具を熱狂的な辛抱強さで塗り、目は眠りを誘う黒、口の内側は深紅にした。二本の角は鮮やかなつやつやした黒に塗った。だが片方の角に涙が一滴落ちて色が褪せた。少年は抽出から小さな真珠母色の歯の袋を取り出した。自分の乳歯をモンスターの顎にきちんと二列にくっつけた。ヴィクトルと折り紙モンスターは落日が炎の舌を部屋の中へ伸ばしてくるまで、じっとにらみ合っていた。

ぼくは何者？

数年前、CD-ROMの山をかき回していたら、愉快な、直観的な、多彩な、見るだけでも楽しいゲーム仕立ての人格テストの入ったCD-ROMが出てきた。一つの家族や一人の人間や一本の樹木などを描かせるありふれたたくさんの投射検査法テストのほかに、"Who Am I?"というのがあった。グラフィックの点ではやや初歩的ながら、いささか独特なコンセプトに魅力があった。簡単に説明すると、最初に六つのタイプの家の中から一つ選ぶように求められる。次に六つの垣根の一つを選ぶ。庭には六本の樹木の一つと六つの池の一つを選ぶ。家の空には太陽を一つ、もちろん六つの中から選び、六つの雲の中から、ふくらんだもの、暗いもの、薄いもの、厚いもの、好みによって一つ選ぶ。最後に、画像のハイライトは蛇。これもとぐろを大きく巻いたのやちょっぴりなのなどなど六匹の中から選び、それを庭の中でも、家のそばでも、池の中でも、好きなところへ置ける。これらの要素で、ぼくも愛らしく調和のある均整の取れた風景を描きにかかった。ぼくの家は高く、きれいな窓ガラスは上が半円形のアーチ型で、大きな明るい太陽の光がうすい雲の筋に遮られずにさしこんでいる。建物のそばの小さなプールのような池には青々とした水が小波を立て、池のほとりにはこんもりした木が立っている。蛇はこのヴィラの住人から遠く離れた薄暗い隅に這わせた。このできばえに鼻高々とF４キーを押した。途端に画面の黒いバックに白抜き文字でぼくの人格タイプの判定が出た。それを思い出すと今でも不愉快な戦慄が走る。

「You are a conformist ——あなたは順応主義者です——」。論告はそう始まり、それから二ページにわたって同じ調子で続いていた。ぼくは凡俗なものが、中産階級的均衡が好きで、ロマンチシズムのかけらもなく、これといった才能もない。一番ふさわしい職業は？　会計係。恋愛では悩みのない状況を憧れ、お金は必要なだけはあるだろうが、それ以上は一銭もない。侮辱のリストは続く。黄金の中庸《アウレア・メディオクリタス》＊1。

ぼくはだれにも、どんなことにも、このときのこのゲームほど腹の立ったことは滅多にない。それはちょうど美人がぼくに蔑みの目を向けて、「がっかりしたわ。実際あなたってただの情けない順応主義者ね……」と言いながら、お尻までデコルテのたとえようもなく素晴らしい背中を向けたような感じだ。こんちくしょう！　そう怒鳴って、自分に腹が立って文句を言いたいときの習慣で、バスルームへ行って鏡にむかった。鏡の中から、この世で一番の順応主義者がぼくを見返していた。黒い髪、黒い目、口元は……何というのか（多分順応主義的）、鼻は……。けれどもそういつまでもにらみ合ってはいられなかった。状況は我慢ならない。解決は急を要する。コンピュータにもどってまた小さなプログラムを開いた。さあ、おまえと対決だ、と声をかけた。今度はごく突拍子もない選択をした。傾いた家、枯れ枝ばかりの木、ちっぽけな太陽が空の隅っこに追われ、代わりに雲が家の屋根に『嵐が丘』ばりに垂れかかった！　とんでもない池をドアのまん前に置いたから、居住者が外出するときは喉まで水につかる。蛇は今度は一番大きく肥った奴にして、ネッシーなみに池に住み着かせた。問題の家の不運なオーナーが気の毒で胸が痛む。改めて（イエーイ！）Ｆ４キーを叩いて、今度は読んで悦に入った。「あなたは芸術家です、すばらしい夢想家です」ご託宣はそう始まって、ぼくへの賛辞が続くのだった。今度はぼくのキャリアはスターで、おそらく大俳優か有名画家になる運命で、掛け値なしの官能的恋愛とはち切れんばかりにふくらんだスイス銀行口座に恵まれるだろう……。「できっこねえだろ」と憐れな Who Am I？ に声をかけて、そいつを決定的にアンインストールした。単純なメカニズムに対して人間精神がまたしても凱歌をあげたのだ……。

＊1 「黄金の中庸 aurea mediocritas」は古代ローマの詩人ホラティウスの詩句。

現実の日常生活で、このゲームのように、太陽の大小だの、樹木や池の様々な形や色だの、蛇の大小や有害無害だのを好きなように選ぶことができたらどんなにいいだろうなあ！　自分をいつも別なふうに、それもかっこよく構成できたらなあ！　あいにく、理由も目的も告げられずにほうりこまれたこの世界では、やり直しはできない。われわれの精神風景は、日当たりがいいか曇り空か、快適か不毛か、自分で選ぶわけではない。だがそれでも、外部の出来事の波乱にどれほど巻き込まれていても、人生の気まぐれにどれほどあっちこっちへ飛ばされても、われわれはだれもが、生涯に少なくとも何度かは、自分自身のことを考える。遠く離れた愛しいものとして、思い焦がれ懐かしく再会したいものとして。

ぼくは何者？　ぼくの本当の自分はどれ？　この疑問をぼくは少なくとも十四歳の時から抱いている。それは満天の星の夜のことで、地上の明かりは家族の中のボヘミアンである従兄の煙草の先端だけだった。二人は庭に出した木のテーブルを囲んでいた。そこはバカンスでやってきたバナート地方のある村だった。従兄はぼくより九つも年上だが、ぼくが不死だ、神だ、宇宙だ、愛だと途方もないことを大まじめに論じていても、笑ったりしないのだった……。その夜は朝まで話しこみそうだった。ぼくはその年の自分の大発見の話をしていた。つまり、他人の目に世界がどう見えているかを知ることは決してできないという考えだ。おそらくぼくが赤いと見るものがあなたには青く見える、しかしその色をあなたはやはり赤と名付けるので、あなたに実際になにが見えているのか、ぼくには決して分からないだろう……。そのときはこの幼稚な唯我論が、未成年の四人に三人までの頭をかすめるのだとは知らずにいた。従兄の方もしゃべった。数え切れないほど劇場通いをした、画を描き、詩を作り、幾晩か夜っぴてギターを弾き、無理にばかげたことをし、例えば百姓ばあさんにフランス語でなにか言ったりした……。「でもどうしてそんなことをしたの?」とぼくは訊ねた、風が来ては木々の見えない梢が星を掃くのを眺めながら。タバコの光る先端が持ち上がり、突然強く輝き、すると写真の現像室の中のように、従兄の青年らしい髪の濃い横顔が浮かび上がった。〈フェニックス〉[*1]が最初のアルバムを出した頃にはやったような長いもみあげがある。「分からない……たぶんおれ自身を捜して……。なんでもやってみる、自分を実現したい、埋もれたままの生涯はご免さ……」「で、見つかったの? その、あなた自身は?」とぼくは無邪気に訊ねた。「いいや、まださ……」哀れな従兄よ。そのときは生涯田舎町の技師として埋もれることになろうとは思っていなかったのだ。けれどもあの夜、彼が自分では知らずにぼくに開いてくれたのは、それまで身の回りのものや人に紛れていたぼくのまだ考えたことのない世界だった。それから、ドナウのほとりのある村で、突然、自分が実在する、ついにぼくの自我が誕生した、という啓示を受けるのだが、それはなお二年のちのことだ。

＊1　フェニックスは、ルーマニアの一九七〇年代に最も成功したロックバンド。やがて多くのメンバーが国外に亡命したが、八九年革命の後にルーマニアに再結集している。

ぼくたちの大部分は外部世界の中で暮らしており、鏡に映る自分の姿を自分だと思っている（三歳の時からそうしている）。このとおりなのが自分。「ぼく」というときは人差し指を顔に向ける。ぼくとはぼくの体だ、広い世界の中の一つの物だ。ふだん内省の時間はなく、意識して自分という存在を捜す場合にも内部に求めるのではなく、スタートラインから逆の方向へ突っ走るランナーのように、変わり続ける色のついた生活の表面の方にそれを求める。ふだんぼくたちは「考え込む」ことはせずに「体験する」、現代生活のスタイルは内面生活の力をなくす。その結果、現実社会から引き下がり隠れているので事実上まるで考えもしないいわゆる人格のシンボルとして、目に見えるオブジェを利用している。

ぼくのある女友達は、自分の人格に執心しているが、同時にいつもファッション雑誌の変わり続けるモードどおりにお化粧し着こなし、同じように、浮薄な芸術トレンドを追って文化人を気取る。今日彼女は目にパンクふうの黒い隈取り、明日はしとやかで、パステルカラーの絹のシャツを着ている。明後日会うとスーツに男っぽいネクタイのビジネス・ウーマンである。今日は演劇ファンで演出者や役者とつきあい、明日は造形美術家のサークルに首を突っ込んで芝居なんかくそ食らえ。今日はなにやら突然に発見した作家のテキストを読みふけり、天才と持ち上げ、神秘的なオーラを放出させ、アイドルとして崇めているかと思うと、明日は別の作家が取って代わって以前のはお気に召さない。だが、ところで、彼女はこうした自己離反のすべてを、その場限りの熱中の潮汐に乗った漂流のすべてを、「彼女の人格」と名付ける。この女性がそれなりのやりかたで自分を捜し求めていることはぼくも疑いはしないが、しかし、意図的に系統的に、自分がいないところに自分を捜している。もしかして、いつか自分を見つけるのが怖いからだ。フランク・ザッパの有名な歌「Do you know what you are? You are what you is あなたは自分がだれか分かっているか? そのあなたがあなただ!」は彼女のような人のために作られたもののようだ。あなたはそのとおりのもの、見えるとおりのもの、びた一文それ以上ではない。ぼくたちの自己とは、超過密かつ超多忙な生活のもたらした空っぽな内部そのものだ。そこには「本当に意味のある」ものは何もない。

だがそうは言っても、孤独の数時間、不幸せの数瞬、生活の中の危機、夢や夢想、落胆、限界状況、執念、音楽、惚れ込み——すべてが別のことを語る。〝現実〟生活のルーチンからあなたを引き出すこうしたものすべてが示すのは、自分自身への反省なしに過ごすことによって、感覚と満足とイメージと中傷と対象と嘘と虚栄のトボガンがあなたを下へ下へ、あなたという人間の真の核心から遠くへと追いやっているということだ。あなたはまず第一に自分自身を消費しているだけのただの消費者だ。そうして、もしも人生がついにあなたの頭をドア枠の上に出させることがなかったなら、そのままだろう。ぼくは青春時代の不幸な恋愛とそれに続く軍隊勤務の惨めな経験によって、それまでぼくの中にひそむとは夢にも思わなかったものを明るみに出された。それは大量の憎悪、欲求不満、そして怯懦だ。そのほかに大きな忍耐力も知ったが。それ以来、ぼくは自分にあまり幻想をもたない。本当のところ、ぼくは善人でもなく精神的に立派でもない、だれにとっても〝模範〟になどならない、そもそも自分の人生に模範がいないのだし。その後の経験も、自分をごまかさないことを教えてくれた。自分の中になにがあるのかを知るのは実にいいことだ。自分が完璧だと信じている友達がいる。いつも挫折を勝利に言いくるめ、ミスを正当化し、正当化できないことはきれいに忘れてしまうので唖然とする。そいつの言い分を聴いているうちに、かつて誤りを犯したことのない唯一の人物に出合ったという異様な感じになる。彼はなにをやっても完全だった、みんなにほめそやされ、およそどんな問題についても彼の見解だけが正しいのだ。彼の自衛メカニズムは超巨大でしかも常時発動待機中である。その自我の超高慢な耳にはどんな悪口も届いてはならない。自分でこうだと思い込んでいる姿と本当の人物との間のこれほど大きい食い違いは滅多に見られない。

というわけで、ぼくは何者か？　人格テストに出てきたぼくだろうか？　だがテストはぼくを薄くスライドに切り取るだけだ。それに従えば、ぼくは別の瞬間には別人である。われわれとは対象物ではなくて過程なのだ。ぼくとは、結局のところ、ぼくの自己捜索である。ぼく自身を求めるが故にぼくは実存する。ぼくを求めるのはぼくを見つけるためではない。ぼく自身を捜しているという事実がすでにぼくを見つけたしるしなのだ。

ペトルッツァ

ＢＣＧワクチンの発赤がひどく大きくなり始めたのはぼくが四年生のときだった。その注射は、二の腕にごく細い針で一滴皮下に入れるだけだから、みんなあまり怖がらなかった。もちろん角砂糖にひたしたワクチンを飲む方がよかったが、しかたがない。ぼくたちは保健室のドアの前に行列し、中に入ると袖をまくり、まず前の方でやられるのを眺め、びくびくしている女の子や、特に男の子をからかい、そうして自分の番が来ると、よそを見て腕を伸ばすのだ。数日後に結果が出る。そこでぼくの苦悩が始まるのだった。

最初はびっくりした。小さな〝ワクチン〟のことなどもう頭になかったから。脚にする別のワクチンの方は滅茶苦茶気持ちが悪く、翌日はひどく痛くて脚を曲げることもできず、おまけに油断していると友達がみんなそこを叩こうとする。それに比べればBCGなど問題ではなかったのだ。看護婦が教室に入ってきて、机の順番に呼ぶ。ぼくは男の子の中では一番小さかったのに最後列だった。ぼくの二倍もある留年生プイカ・イオンのとなりの席で、どうやらぼくが彼をお行儀よくさせるようにということのようだった。このプイカというのはうすのろだった。冬の氷の上で滑ったお婆さんと、彼女を助ける子供たちの有名なお話の朗読では、「そうしてオ・バ・ア・サ・ンはコ・オ・ロ・ギの上でス・ベ・ッテ」と読んだ。全くとんでもないやつだ。ぼくのBCGを二日ほどあとに最初に見たのはプイカだった。ぼくも彼のをぼくのと比べてみた。そうして怖くなった。彼のは針の跡のまわりにぽつんと赤いのが見えるか見えないかだった。ぼくはというと、皮膚の下に青い静脈が透けて見える細い腕にちょうどスプーンぐらいの大きさの赤紫色がひろがっていた。「やあい、結核病み！」とプイカは言った。「お前のそばにはもうすわらないよ！」みんながぼくを取り巻いて声を揃え始めた。「肺病《オフティコス》！　オフティコス！」この言葉（みんなはその後何年もこの言葉でぼくの気をつつくのだった）にぼくは初めきょとんとした。ぼくの知識では、オフティコスとはトランプやサッカーですぐ怒る奴のことだったから。「オフティコス、やあい、オフティコス」とよく叫んだものだ。

わるい病気だ　怒りんぼ《オフティコス》、

すぐにかっかと　怒りんぼ
怒った奴を囃す歌だ。ぼくたちの団地ではルンパが一番の怒りんぼだった。「ハ長調シンフォニー」が二番目だった。

看護婦がぼくの席へ来るまでにクラスの子たちがぼくの隠したい腕をむりやり机の上に引っ張っていった。「センセー、センセー！　ほら、この子の腕を見て！」そこでシスターはほかの連中を放っておいて教室の後ろまで来る。立ちすくむぼくに全員の目が注がれる。体中の関節ががたがたしていたのを思い出す。クラスメート全員が笑いながらあかんべえをする。看護婦はぼくの腕を取り、プラスチックの物差しで腫れの縦横斜めを測り、首を振った。小声で担任女教師とちょっと話した。それからクラスは休み時間をもらった。

しばらくしてＢＣＧの再検査を受けた。ぼく一人、クラスメートには知られずに。同じ結果。また赤点が大きくなるのを見て恥ずかしくてたまらなかった。子供たちのいじめばかりではない。彼らはその月いっぱいあの恥ずかしい言葉を使った替え歌で囃すのだったが。

ぼくはネクタイをもっている、
ぼくは結核病み！

これがぼくのご自慢さ、
　ぼくは結核病み！

と歌いながらぼくに突き当たり、顔の前でささやく。そうして、国語の時間に英雄詩『プレダ・ブゼスク』を読んだあとはこうはやす。

結核病みは小さな斧を振り上げて
　プレダの盾をぶち割った

でもそれ以上にぼくがいらいらするのは、日ごとに大きくなり、止めようがなく、どうしようもないあの赤い腫れだった。まるでだれかが赤く灼けた鉄を額に押しつけた、そんな感じがしていた。濡らした脱脂綿を当てて、十五分もなでてみた、ちょっとでも小さくなればいいが――だめだ。結核だから、隔離病院行きになるかもしれない。看護婦が教師に囁いた声が大きすぎて、子供たちが聞きつけると、アニメの動物のようなうなり声でぼくの跡をつけるのだった。「隔離病いいいーん！　隔離病いいいいーん！」……

クラスにペトルッツァという女の子がいた。濃いブルネットで、制服の半ズボンの色はクラスで一番褪めていた。両親にはみんなが着けている黄色いプリント布の校章を買ってやるお金もなかった。母親は安物の端切れに黄色い糸でナンバーを縫い込んだ。四年生の時のクラス全員の写真は一枚だけで、よく撮れていないけれどカラーで一〇レイもしたが、全員が買わされた。そこではペトルッツァは二列中央にフレシュリウ・ダンの隣にいる。ぼくは最後列のほとんど見えない黒い点だ。ペトルッツァはたいそう陽気で、雀みたいに活発で、ボーイフレンドはいなかった。ところでぼくらのクラスと来たら途方もなく早熟で、クラスメートはだれでもボーイフレンドやガールフレンドがいたし、アポストルのように何人もいる子もいた。腰掛けにあがってキスごっこまでした。中にはただ真似だけやほっぺたにするだけではないのもいた……。ぼくはリリが好きだったけれど、ごく内気だったから、リリにちょっと目を向けられただけで一目散に逃げた。しかもBCGの件があってからは、ますます勇気がなくなった……。休み時間ごとに男子トイレへ行って中からロックして、こっそり発赤を見るのだ。もしや小さくなってはいないかと、見ずにはいられなかったのだが、出ると必ずだれかいて、「どうした、肺病、薬をのんだのか?」と声をかけられた。トイレの壁は下品な画と下品な詩句でいっぱいだった。股を広げた女の子の画だが、へたくそで、陰部の真上に矢印が描かれ、矢の端にはひどく下品なマンコという言葉が書いてある。詩句の中にもその言葉やその類があった。ドアにボールペンで書き付けたのはもっと大きな不良の男の子だ、こんな詩だから。

おまえのかあちゃんのまんこは木の間！
ごきぶり五匹飼っている、
一つはもこもこ、
一つはおしっこ、
一つはぐるぐる、
一つはヌードル、
一つはちんこを入れている！

ある日、トイレから教室に戻ると、大勢の子が一つの腰掛けのまわりに集まっていた。座っていたのはペトルッツァともうひとりヨスブという女の子で、ペトルッツァは子供たちにお告げをやっていた。つまり一冊のノートに書いてある質問を読み上げていた。好きな子がいるか、それはどのクラスの子か、背は高いか低いか、ブロンドかブルネットか、勉強はできるか、など。そうして答えごとに一本、ノートに線を引いた。それから線を三つずつに切ると、323，132，231などの数字が出る。その数字に応じて、頭の中の彼があなたを愛しているかいないか、ただ気に入っているだけか、そのほかいろいろなお告げが出るのだった。みんな笑い、おもしろがったが、とりわけ、それぞれがだれのことを考えているか、つまりだれが恋人なのかを知りたがった。ペトルッツァはちょうど最後の子が終わったところで、まだ時間があった（休み時間は二十分だが、同志センセーは三十分より早くには現れない）。つまりぼくはちょうど間に合った。「結核病みにもやれ！」と声が上がった。「きっと好きなのは同類の結核病みだよ！」。逃げられなかった。みんなしてぼくを腰掛けの二人の女の子のところへ押し出し、ペトルッツァの質問を待った。だが初めペトルッツァはやろうとせず、さっとノートを閉じて、ランドセルに押し込もうとした。「もうだめ、終わり、センセーが来るわ！」「やりなよ、まだ来ないから！」と隣のヨスブが叫んでノートを奪い取ったので、ペトルッツァはぼくにもお告げをやらなくてはならなかった。

なぜか、ぼくは当のペトルッツァのことを考えた。憐れな子だ、肌の色の暗いこと……。それに髪の毛、なぜかちょっとべとついて……。そうして家ではまるでじっとしていない、仕事がある、料理をして、小さな弟二人の世話をして。そのことは親の集まりで知った母親から聞いていた。それなのに、宿題はいつもちゃんとやり、ページの隅に蕾や蝶の画まで描き、センセーはそれで点をプラスするのだ。ペトルッツァはぼくに質問を始めた。全部彼女のことを考えて答えたのだが、だれにもそうと知られないようによその方を見ていた。

答えている内に突然何かが起こった。ぼくにはペトルッツァになにかあると見えた。ただ、もうはしゃいでいないということだけだったと思う。実際に何を感じたのかは分からないが、無人の教室に彼女と二人だけになったかのように、もう周りのことが気にならないみたいだった。そうしてぼくがだれのことを考えたのか、彼女には分かったようだった。ぼくが答え終わると、彼女は線を引き、お告げが出た。「あなたのことを愛しているが、それを隠している」。みんな笑い出したが、ちょうどそのとき同志センセーが入ってきて、みんなを席へ追い立てて、出席簿を読み上げ始めた。

その日の夕方遅く、最後の授業はデッサンだった。その時間の担当は同志センセーでなく教育実習の女子学生で、それをクラスの悪童ども、なかでもストリーヌとドゥビヌックが馬泥棒みたいにいじめていた。何度もおいおい泣きながら教室を出ていくのだった。「おまえはどこかの洞穴へ行かなくちゃならない」と、ある日、実習生はストリーヌの悪態ぶうぶうにかっとなり、目に涙を浮かべて、叱った。「行くよ、あなたのあとについて』とストリーヌは歯を剝きだした。このことで校長先生がクラス全員の前でストリーヌが血まみれになるまで十分間叩き続けた。だがそれでもやっぱりおとなしくはしなかった。

降りしきる雪を教室の窓ガラス越しに眺めていた。もう暗かった。雪片が今はピンクに見え、それをじっと見ていると教室全体が空へ上っていくような気がした。ペトルッツァは今ぼくと一緒の腰掛けだった。デッサンの時間はだれと並んでもいいことになっていたので、みんな好きな相手と一緒に動いたのだ。そうしてペトルッツァが突然ぼくの所に来た。ぼくが別の腰掛けに移ったが、彼女はまたぼくの所へ来た。ぼくはぞっとした。クラスメートに彼女のことを愛しているなんて思われそうだ！　だが結局は彼女をそのままにした。みんな小さな画用紙に雪の積もった家々とやはり雪を被った人たちのいる冬景色をスケッチしていた。もう何枚も重ねた画用紙は水彩絵の具のせいで波打っている。ちょうど雪の屋根の煙突とむくむくと出る煙を描いていたとき、なにやらまわりがまたしーんとなった。はっとしてペトルッツァを見ると、彼女は画を描いていない、全然描かなかったのだ。画用紙は雪のように白かった。どうして今まで見なかったのだろう？　彼女はただうつむいていた。目には睫しかないみたいだった。そうして出し抜けに絵の具で汚れた左手の指をそっとぼくの手に乗せた。心臓の鼓動が急に強く打つのを感じたが、それは彼女の手のひらがぼくの手の上にあるからではなく、ぼくの腕を上げさせ、制服の上着とシャツの袖をそうっと押し上げたからだ！　少しずつ、少しずつ、ペトルッツァの指でむき出されて、ぼくの恐怖の発赤がすでに顔を出し、みんなの視線の中で彼女が腕をなおも上へ、肘の所までまくるにつれて、それは大きくなり、広がった。そうして、一体どういうわけか、ぼくは身動きできず、腕を引っ込められないのだった。もう、汚れた机の上にだらりと伸びた腕の上にあの赤い発赤はその全貌を現していた。まんまるに、焼きごてを当てたようにひりひりした。ほかの子供たちは今はただの色つき落書きとなり、窓の外の雪片は落下の途中で止まり、動かずに点滅していた。

そうしてペトルッツァは、教室が静まりかえった中で、手のひらを大きな発赤にそっと軽く、雪片の触れたのよりも軽く当て、そうすると発赤はしだいに薄れ、輪郭がなくなり、数分のうちに赤い色は皮膚の下へ消えていった。あとはただの黒点のような針の跡がほかの子と同じような青い静脈の浮く腕に残った。ペトルッツァはまじめな、悪い点を取った時のような泣き顔でもう一度ぼくの顔を見て、それからほかの椅子へ逃げていき、ぼくの方はぼんやりとむき出しの腕を撫でるばかりだった。雪はまたきれいにしんしんと落ち、ドゥビヌックはまた教室の奥でがたがた騒いでいた。

翌日、看護婦はたいそうびっくりした。病院へ連れていかれ、検査されたが、血液に結核菌は跡形もなかった。そうして両親はきりきり舞いしなくてはならなかった。すでにヴォイラの隔離病院へ送る手続きがすんでいたから……。今度はまた学校へ登録しなくてはならないが、大変ややこしい手続きだった。ともあれ両親も結核の子供がいないのを喜んだ。結核なら薬代でもっと頭が痛かったろうし、ぼくの咳で夜も眠れなかったろうから。

それ以来、もうBCGで大きく腫れることはなくなったが、クラスメートはそれからも中一のときまでぼくをあいかわらず結核野郎と呼んだ（その後は、なぜか、「マンモス」とか「象鼻」とか呼び始めたのだが）。ペトルッツァは三学期の終わりまでクラスにいたが、その後は両親が別の地区へ引っ越して、そこの学校へ転校させた。今はココール・デパートの時計売り場にいる。そこへはときたま、そうしょっちゅうではないが行き、なにか訊ねたりする……。彼女はちらりとぼくを見るだけで、職業的な受け答えをする。三十年たったから、ぼくを見忘れているのも当然だ。

批評家は作家を親近性や世代や精神的系譜や文学的潮流やに応じて様々に分類する。だが、ぼくに言わせれば、少数の女性だけを持った作家と多数の女性を持った作家という分類もおおいに成立すると思っている。ここでは、どんなに重要なことでも細かいところへは立ち入らない。つまり、女性を持つとはどういう意味か、なぜ男性作家しかとりあげないのか、ゲイの作家の場合はどうなるのか、などには立ち入らない。実人生でたくさんの女性を持った作家は直ぐにそれと分かる。彼らの本に登場する女性と言えば、当然のように髪が長く（そして金髪）、大きい乳房に円いお尻、呼べば来て、行為――押して引いて――がうまく完了するとすぐ消える。彼らにとっては、エロチシズムが昼飯とかテニスの試合よりも重要というわけではない。

一方、数少ない女性しか持たなかった作家たち（一人もいなかった者については言うまい、世の中には不幸せな男もいる）には、女性の微笑の一つ一つのニュアンスの描写に数十ページを費やし、女性の一語一語をあらゆる角度から振り返り、元型としての女性原理について思索し、愛と死の大女神の周囲に神秘のカーテンを張り巡らすマニアックな傾向がある。つまり、つきあった二、三人の哀れな女性から敷衍していくのである。そうすることで、文章の質によって経験の量的欠陥を消そうとしているかのように。だから、どれほど努力しようとも、連続体《スペクトル》の一端には形而上学、他の端には女体のいじらしい部分というジェル・ヴォイカン風[*1]のジレンマから抜けられない。

噫《ああ》、ぼくはこの女性原理スペクトル上で形而上学側に近い。ぼくの精神と人生とベッドを輝かせてくれた数人の女性たち（だがなんとすばらしい女性たち！）についてぼくは何十回も書いた。その体の螺旋とその口元の痙攣とそのカールの気まぐれが、独身男のシーツのような皺だらけの熱烈なページに、書き留められずには措かれなかった。ぼくは幾度となくわが頭蓋骨のドームの下の冷え冷えとしたがら空きの博物館を歩き回り、いくつかの展示に見入った。黄金と象牙の台座の上にすっくと立ち、オニックスのプレートに名を刻んだ、ぼくより百倍も背の高い幻影の女性たちをいつまでも眺めているのだった。彼女たちのことは、ぼく自身のことと同じくらいよく知っている。どこかの老いていく世界の隅で人知れず年老いる彼女たちは、ぼくの原稿用紙の硝酸化銀インクに決定的な刻印を残した。そこでは妊娠や郷愁に変形されることなく、若く素敵に暮らしている。

今ぼくはエステルのことを考えている。彼女と寝たことは一度もない。そのことのゆえに、一人の女性を持つとはどういうことかという、ちっぽけだが厳しい疑問に立ち戻る。というのは、あなたはセックスをした何十人かの女性を本当には所有しておらず、その代わり、満員のトロリーバスでちらりとこちらを見ただけで、その後一度も逢ったことのない一人の女の子を、どこの誰よりも十分に、かつ夢中に、所有していると感じるのだ。ぼくは数日前エステルのことを思い出した。毎晩ドゥンボヴィツァの岸を手を組んで散歩していたころに書いたぼくの中篇『ＲＥＭ』の中で、ナナと名付けているが実名はぼくにももう分からないヒロインに初めてキスした、あの男装の女性だ。

思い出したのはクラクフの都心のユダヤ人地区をぶらついていたときで、商店の建物は青と煉瓦色に塗られ、看板は奇妙な文字で飾られ、七本腕の燭台形の垣根がめぐらされていた。ぼくたちツアーグループは最後に晩飯のためにクレズマー・ホイス[*2]に入った。いかにも〝かれら風〟なレストランで、す

＊1　ジェル・ヴォイカン（Gelu Voican Voiculescu, 1941-）はルーマニア革命直後の副首相。
＊2　「クレズマー・ホイス」はイディッシュ語で「音楽家の家」の意味。かつてのユダヤ人地区カジミエシュ地区にあるホテル・レストラン。

ぐにマテイウ・カラジャーレのまがうかたなきアルノテーニ家が頭に浮かんだ。大ブルジョアの家、黄色くなった写真を貼りめぐらした壁、妙な形の壜が窓際にぎっしり並ぶバロック調のビュッフェ、キャバレーのポスター……。真ん中にその昔サムソンが寄りかかったような柱が立ち並ぶホールは鮮やかなユダヤ調だった。窓には――大きな編み目のカーテン、テーブルセンターと同じく手編み。グリーンとモーヴのスパンコールをつけたドレスの中年女性がクレズマーの歌をバイオリンで奏で、伴奏はコントラバスとアコーデオン一挺ずつ。ぼくは生姜の香りのするビールをあおって日中に溜まった苦い悲しみを洗い流し（アウシュヴィッツからまっすぐここへ来たのだ）、ときにルーマニアのスルバ風にも、ときにウインナワルツ風にも響くメロディーに耳を傾け、それから蜂蜜と肉桂をまぶしたチキンを食べた。とても長いテーブルの一つで三十人ほどの女が、その多くは紛れようもないが形容もしにくいユダヤ女性の東洋的な顔つきだが、滅法盛り上がり、音楽のリズムにあわせて楽しそうに首を振っていた。シャガールとショレム・アレイヘム[*1]の世界だった。頭の中でザッパの歌が鳴っていた。「I need a little lovely jewish princes ぼくは愛らしい小さなユダヤのプリンセスがほしい」[*2]。その時だった、あの長テーブルをかこんだ女性の中にエステルが見えるような気がしたのは。もちろん彼女ではなかった、それはもちろんだが、女性たちの中の一人に彼女の気配があった。まさにあの形容しがたい気配、あのむっちりした姿の優しさ、緑色の目のまわりのあの眠そうなしわ、まさにあの、ある瞬間に感じるけれど表現することはむずかしい他者性。満天の星の下に出たとき――クラクフの空に輝いていた星はすべて黄色い六角星だった——、ぼくの頭はエステルのことでいっぱいだった。まるで二十何年か前へ、ぼくたちが友達だった、ただ一つの季節へ運ばれたかのように。

その季節は夏だった。ブカレストの夏、もう目が覚めないと思うような、深い、埃が一杯の夏、その季節に歩く気になれるのは人気がなくて足音の澄む小道だけだ。エステルはぼくの妹の級友で、ある高級住宅地のちょうどそんな通りに住んでいた。両親のマンション（ぼくは一度だけ行った）はクレズマー・ホイスのホールとそっくりの印象だった。またエステルは、年はずっと若いけれど、長テーブルの女性たちと同じエキゾチックな他者の雰囲気をもっていた。実のところ、両親はブカレスト生まれで、彼女もブカレスト生まれなのだが、それでもルーマニア語をたいそう上手に話す外国人のように見えた。彼女の身振り、彼女の態度、いつもはっとさせられる反応の仕方、それは言葉遣いより古風なもので、絶えず言葉と食い違った。たいそう美人だった。横顔からは、細身で繊細な、見つめられるため

＊1　ショレム・アレイヘム（שלום־עליכם, 1859-1916）はウクライナ出身のイディッシュ作家、ジャーナリスト。その小説『牛乳屋テヴィエ』が『屋根の上のバイオリン弾き』としてミュージカル化された。

＊2　引用されている詩句はフランク・ザッパ（Frank Zappa, 1940-1943）の"Jewish Princess"からだが、作家は一部変えている。

の存在そのものに見える。体はキャットウォークの上を歩くモデルのようにしなやかに反ってみえた。だがこちらに顔を向けると、途端にその姿には『光輝の書 Sefer-na-Bahir』*1が映っているのだった。丸い顔、緑色の目、やわらかく官能的な唇、しかしあまり強烈に官能的なので神秘の境地に入ってしまい、セクシュアリティは消えていた。そのときエステルは聖書の同名人物、アッシリアの大王が黄金の笏を差し伸ばして生命を恵んだ、あのエステルになっていた。

少数の女性しか持たなかった作家はこの通りさ、すぐに神話化したがる……。実際のところ、エステルとぼくは数ヶ月交際し、その間ぼくたちは愛について話したことはなく、ときどき今一歩のところまでは行っていたけれどセックスもしなかった。でも毎日何時間も散歩し、文芸サークルに出かけ、そこで彼女の存在は催眠効果をもたらし、長い髪が波打って視線を引き寄せ（うへえ、うまくやったな、あれはだれだい?）、また薄汚ない水泳プールにも行った、どろどろした水には入りかねたが。夜おそく（もちろん、六角の星々の下で）家へ送っていく時、道ばたに足を止め、街灯とか鈍重なトロリーバスの窓からの青白い薄明かりに照らされて、はげしくキスを交わすのだった。ぼくはこれほど美しい体を、これほど純朴な、しかもこれほど謎めいた娘を腕に抱いたことは一度もなかった。この時期を通して、特別なことは何一つ起こらなかった。彼女の両親の手には、この物語の単調さを救ってくれる（というより、物語に変えてくれる）ような、アウシュヴィッツの入れ墨らしきものはなかった。幻想を誘うような物は何一つなかった。エステルの首元にも宵闇に突然煌めくような真珠はなく、そうしてぼくの目を見つめて、Hevel havolim, hakol hevel（空の空、すべては空）[*2]とささやいたことは一度もなかった……。

冷え込みが始まった。そうして、エステルが家族と一緒にイスラエルに移住するとぼくに告げた晩、ぼくは彼女の言葉を聞く前から寒気を覚えた。それから凍り付いた。ぼくたちは、互いに恋に落ちないようにしようと暗黙のうちに申し合わせていたのだが、おそらく、自分でも気づかずに、ぼくは、あるいはぼくの中の何かは、一線を踏み越えていた。二人はある荒れた人気のない公園で、コンクリートのチェステーブルに寄りかかっていた。いつものように彼女の家へ送っていき、いつものようにキスし、さようならも言わず、また逢おうとも言わず、それきり二度と逢わなかった。彼女の飛行機は、あの一九八六年の（すでに）秋、霧に包まれた滑走路から離陸した。曇り空に消えた機影をぼくの視線は追うこともなかった。彼女はハイファに住むことになっていた。その名前が彼女の髪と眼差しにもっともよく似合う町だ。ぼくは、ブカレストに残り、郷里に縛り付けられたまま（当時は一生国を出ることはできないと本気で思っていた）、何週間か惨めに悩み、それから忘れた。手紙は何度か出したが彼女の

＊1　ユダヤ教の教典トーラーの註解書。ユダヤ神秘思想に大きな影響を与えたとされる。
＊2　旧約聖書の「伝道の書」冒頭の言葉。

ところへ届くことはないとよく分かっていた。ハイファからは一度も手紙が来なかったから。

ぼくの物語には十年後のエピローグがつく。湾岸戦争の時だ。サダムが発射に成功したミサイルのいくつかがイスラエル国内に落ちた。BBCニュースを静かに聴いていたら、事件の目撃者でルーマニア出身のユダヤ人が何人か、次々に発言している内に、突然「ハイファのミセス・エステル・X（姓は同じヘブライ語でも彼女が昔名乗ったのとは全然違っていた）」と聞こえた。昔のままの彼女の、まがうかたなきためらいがちなあの声。まるでダレルのジュスティーヌ[*1]がエーテルの中から突然話しかけてきたようだった。関節をがちがち震わせながらその凄惨な若干の文句を聞き、ほぼ半時間、「Hevel havolim, hakol hevel」とつぶやきながら部屋中を行ったり来たりした。それから一切の上に沈黙が降りた。

＊1　ロレンス・ダレル（Lawrence George Durrell, 1912-1990）の代表的な長篇小説『アレキサンドリア四重奏』の登場人物。

トリーノの出会い

ぼくにはいつも強い宿命感覚があるので、たまたまというやつをあまり信じることができない、とりわけ人生が偶然の一致の程度を越えるような時には。昔のメロドラマや近頃のテレビ小説で、生まれてすぐ別れ別れになった双子が三十年後に再会したり、実の親子であるとは知らずに惹かれあった男女がいざ結婚のまぎわに血のつながりを知ったりするなどには、苦笑を誘われる。しかし人生というやつはわれわれのちっぽけな脳の思い込みよりも多少複雑な代物なのだ。親愛なる読者諸姉、前回の話を書いてからたった一週間の間に起こった件にぼくがいったいどう反応したらよいものか、教えてほしい。ぼくはあの話の中で、特に、ぼくの小説『ＲＥＭ』の登場人物ナナの本当の名前が思い出せないと言った。あれはぼくの知り合いではなく、一夜のアバンチュールをともにしただけだった――ある文学サークルで拾い、呆れたことに、そのままあっさりと彼女のワンルームマンションへ行ったのである――、だが、そのおかげで今でもぼくが書いたもののうちで一番いいと思っている作品ができた。それから一度も会ったことがなく十九年が過ぎて、先週の金曜日……。

テレビを見飽きてチャンネルを次々に変えているうちに、出し抜けにナナが、年を十九歳加え、もりもりと何キログラムも付けて、それに……――、いや、あまり意地悪は言いたくない――目の前に現れた。なにやらおかしな詩のコンクールの審査員だった。もっと聞きたい？　次の日、何気なく新聞を開くと彼女の詩集（ナナは『ＲＥＭ』でぼくが描いたような技師とか役人ではなくて詩人だったから）の時評が目に入ったのだ！　もう一度言うけれど、この十九年間どこでも彼女の名前を見たことがなかったのに……。まだもっと聞きたいですか？　ではナナはそのくらいにしておいて、そうしてその二日ほど後、歯医者の待合室で雑誌『キャピタル』をめくっていた話をしなくてはならない。詳しく言うとあの「成功したルーマニア女性五十人」の特集号だった。ぼくは馬鹿みたいに笑い出して、待合室で迫害を待ち受ける殉教者たちの目を瞠らせた。そのめでたい五十人の女性の一人はぼくの昔の恋人の一人であった！　雑誌を調べても無駄です、名前は当てられませんから。いずれにしてもＴＶでおなじみのアンドレア・マリンでも、ミハエラ・ラドゥレスクでもなかった。もしぼくに恋人が何千人もいたのなら、まだただの偶然と思っただろうが、しかしこれでは……。ところで、もっともっと、こんな程度じゃないのをもっと聞きたいと思うなら、この先をお読みなさい。でもその前に安全ベルトをしっかり締めて。

というのは、昔の恋人がどんなにお金をもうけているか知ってからわずか数日後（またしても！）のこと、ぼくはトリーノへ出かけた。そこでどんな仕事があったかは問題じゃない。トリーノがぼくにとって最大の啓示の一つだったという事実。お恥ずかしいことに、それまでぼくがこの町について知っていたのは、どこかイタリア北部にあって、乗用車フィアットがそこで造られているということだけだった。だから、そもそも空港で、友達のマルコの出迎えの第一声の「知ってのことと思うけど、トリーノは魔法の町なんだよ」にぼくが半信半疑だったのはご想像いただけよう。そのあと、ちょっとためらってから、「もっと強烈な表現を使うやつもいる。悪魔的な町、とね……」。車の中で、ぼくが外国に着いたときはいつもそうだが、風景をきょろきょろ眺め回していたとき、マルコは続けた。「およそ二本の川にはさまれたすべての都市には魔術が栄えると言う。トリーノはそうした都市の一つなのさ。都市の外観が合理的に見えれば見えるほど、ますますその闇は深いんだ。というのはね、トリーノが幻のように投影された雪のアルプスほどに晴朗なものがあるかね。そうして、特に、その厳格で古典的な建築よりも晴朗なものがあるか？　トリーノでは何日でもアーケードの下を辿って歩き続けられるよ。何キロメートルものギャラリーの両側を正方形のどっしりした建物の正面が縁取る。だがまさにこの視界の果てまでつづくきりもない柱廊がやがて……キリコの彫刻のように重苦しい不安を誘うんだ……。」

この友人教授は振り向いてぼくを見据えた。「それからね、忘れるなよ、ここに、ドームの中に、〝ラ・シンドーネ〟が安置されている、救世主の体を包んで、その姿を保存している経帷子だよ。これはおもちゃじゃない。この帷子が保存されている都市は、伝説的なアブガル王のエデッサからこのトリーノに至るまで、どれも神秘的諸力が刻印されている……」

市内に到着すると、ぼくはペンションにチェックインしてから街へ出た。マルコ教授の説明で調子を狂わされていた。しかし都市はとても平和に見えた。どちらかというと市役所に似た宮殿、ブロンズの馬上のサヴォイ公たちの像、さらには名高いアーケード。観光客、多彩で混ぜこぜの人々。川に挟まれた都市の魔術はどこにある？　晩にはぼくの翻訳者のブルーノやクルージュのポップ一家などほかの友人と落ち合って、たいそうピトレスクなレストランで夕食を取った。終わると星空だった。「みなさんこれから多分見たこともないものが見えますよ」とブルーノが言った。照明の薄暗い小路を辿り、ある角を曲がると突然、目の前に途方もなく奇怪な物が出現した。高さほとんどエッフェル塔に近い建物。巨大なドームの上に（信じられないでしょう、だれも信じまい）二つのギリシャ式神殿が上下に重なって、その上に高さ百メートルほどの細い塔が聳え、先端には巨大な星のようなものが！　でもこの狂った建物を描写するのは不可能だ、目で見てもらうしかない。「有名なモーレ・アントネリアーナです、十九世紀の狂気の天才建築家アントネッロの作品。壮大かつグロテスク、キッチュそのもの、でもキッチュといってもファンタスティックの段階に、圧倒的なほどの段階に達したキッチュ。こんなものは世界に二つとない」と言うのだった。街の真ん中のこの巨大な奇観を首が痛くなるほど眺めた後、なおもう少し歩いてニーチェがあの破壊的な『この人を見よ』を書いていた住居を見た。ペンションに帰りついたときはへとへとだった。それから一晩中ニーチェ、アントネッロ、イエスの経帷子がぼくの頭の中で旋転していた。

翌朝、フォルトゥナート・デペーロという未来派の展覧会（幾何学的な多彩な絵画、石蹴りのパステル、小鳥）を見て、それから「カイロの次に大きくて」有名なエジプト学の博物館であるとお勧めの「レジツィオ」へ行った。そうしてここで今生一番のへんてこな出会いに恵まれたのだった。メルヘン仕立てとか、文飾だろうとか疑わないでほしい。一切が現実、現実、現実だった。

博物館にはポップ一家とぼくだけで入った。なんと言おう？　ぼくはミイラや、石棺や、骨壺や、頭が鳥の神々にはあまり熱狂しない。ここにはその類が何百何千とあった。巨大なパピルスの束、枯れ木の破片に書かれた死者の書、切れ切れの黒い皮膚が貼り付いた頭蓋骨、石化した爪の付いた手の骨。緑青色のスカラべと香油につけたトキの壺のガラスケース。ひそやかに息づく不吉な共同墓地。巨大なファラオ像の下でちっぽけな観光客があちこちうろつき、ガイドつきのグループが冷え切った回廊の順路をたどっていた。

小学生のグループがあった。あるガラスケースの周囲に集まり、その間から平板な職業的な女性の声が聞こえていた。けれども、おかしなことに、ガイドの姿は見えなかった。もっと妙なことに、子供たちはひどく真剣にその説明に耳を傾けていた。近寄ってみた。初めのうち、声は大人の女だけれど、子供たちの一人がしゃべっているのだと思った。しかし、やっと声の主が見えて、ぼくはぎょっと固まった。

どう描写しよう? こんな生き物にはお目にかかったことがない、夢の中でも、絵でも、映画でも。子供たちの間に立って、大方の子よりも背が低く、おっぱいの気配もない少女の体つき、まるで飛び立とうとでも言うようなおかしな姿勢で伸び上がっている。細い、ためらいがちな手。その体の構成全体がなにか全くあり得ないものだった。一方、顔は……どう見ても、人間の顔ではない。漠然と女性的、だがキノコのように月の引力にひかれている顔。あのむき出された眼窩を、あのどんよりと光のない目を、あの悲哀でも絶望でも苦痛でもなく、なにか人の顔には現れたことのない表情をどう描写できよう……またあのゴムのような灰色の皮膚を……。侏儒《こびと》はだれをも見ていなかった。ぼくが動転し魅惑されて子供たちの後ろに立っていた間じゅう、彼女は一度もだれの目も見なかった。ほかの何物も見ていなかった。ただしゃべっていた。冷たい、録音テープのイタリア語。数分後、出し抜けに口をつぐみ、子供たちの間から出た。次の展示まで一人通路を浮かんでいくのが見えた。彼女の歩き方もわれわれの種族のものではなかった。片方の足でぴっこをひき、もう片方の足で浮揚するようにゆかを蹴っていた。何も目に入れず、神秘的感覚に導かれるかのように進んでいた。別のガラスケースの前で同じように出し抜けに立ち止まると、顎と指を微かに意味不明に動かしながら、子供たちがまた近づくのを待った。

一同は博物館にいやいや連れてこられたおちびさんたちが普通やるような小突き合いもせず、笑いもせず、壁を眺めたりもせず、魅入られたようにぞろぞろと、捕虜さながら、ガイドのあとをついて歩き、黙ってそのまわりを囲むのだった。

それからはぼくももう博物館の中をなにも見学しなかった。ポップ夫妻を放っといて――彼らはどうしてもきちんと並んだ無数のエジプト人の絵が描かれている洞穴に入りたがった――、ぼくの方は子供たちのグループにくっついた。子供たちにまじってぼくもすっかり子供になり、こびとガイドを飽かず見つめ続けた。こびとと言っても、脳下垂体機能低下症の人たちのような病理的こびとではなくて、なにかしら形而上的なこびとだ。どうやら、経帷子かあるいは幻想的なモーレ・アントネリアーナとの接近が不幸な腹の中の胎児に放射能を浴びせて、古代王朝と葬送船についてしゃべる前代未聞の妖精を産みだしたのだろう。たっぷり二時間経って博物館を出たときは目眩がして、腕は鳥肌が立っていた。子供が片づくと、ガイドはまた一人で片足を引きずりながら回廊に浮かんでいき、それから狭い階段を地下へ降りた。どこへ降りたのかぼくは見に行った。螺旋階段で、二回り目からは漆黒の闇だった……。

一晩中夢を見た。妖精がうしろから来る。鉛毒眼の重い視線を逃れようがなかった。それは人気のない博物館の中で、二人だけで、彼女は石棺の間を追ってくる。びっこをひき、片方の肩を上げて、追いついて、細い指でぼくに触った。花崗岩の片蓋柱をぐるりと回ったら、しめっぽい、内臓のような顔が目の前にいた。ぼくは頬をなぐりつけ、爪で引き裂いた。なぜか手の中に出現した小刀で真っ二つにする。倒れては、また立ち上がって、なお追ってくるのだった。真夜中に眼が覚めると、かつて覚えたことのない恐怖に包まれ、震え上がっていた。灯りを点けた。点けたままにして、空が白むまで本を読んでいた。

次の日、講演の仕事の後、最近国立映画博物館に衣替えしたモーレ・アントネリアーナを見学に行った。五階ぐらいまで登れる螺旋階段が内側を巻いて陰を作っているお伽の国のようなドームに入った。映画の看板のコレクションのまえで何時間か過ごした。横に置かれた長椅子に寝そべって、巨大スクリーンに投影されるリュミエールやメリエスの昔のフィルムを鑑賞した。アールデコからポップアートまで、二十世紀初頭のニューオーリーンズの娼家のサロンから一九五〇年代の典型的なアメリカの住宅に至るありとあらゆる様式の数十の映画館を見て回った。最後に、ドームの真ん真ん中にあるエレベーターに乗った。上昇はゆっくりして、そうして奇妙極まるものだった。というのは、頂上へ近づくにつれて角度が急になる円錐形ドームの銅壁がまがまがしい装飾で埋め尽くされているのがクリスタルのドア越しに眺められるからだ。深まる薄闇の中で下の血紅色のベンチに横たわる人影、次第に下へ遠ざかる人影が、何か不吉な実験の対象のように見えた。

終わりに、積み重なった神殿のまわりにめぐらされたテラスに立って、神殿を眺めた。その位置からはアルプス山脈が白銀のパノラマとなって現れた。見飽きることのない展望。マルコがそばに来て、特に目立つ一つ一つの峰、はるかに蛇行する一つ一つの川の名を教えてくれた。マルコは友人の中国人女性と一緒に来た一人のルーマニア人女性としばらく話していた。彼女らはぼくらが作家だと知ると、ぜひ写真を撮らせてくれと言うのだった。それからぼくは街のパノラマを眺めようとテラスを回った。

そうしてそこで、テラスの市街に開ける側にただひとりで立ったとき、ぼくはまともにあの博物館の生き物と鉢合わせした。肩胛骨を押しつけた手摺の向こうにトリーノの街並みの屋根と壁とドームが地平線まで続いていた。魔術的な（そしておそらく悪魔的な）都会のバックから彼女は全知の巫女さながらに浮き出していた。それは実際、ぼくへ向けて送りだされた都会のポリプが、あの果てしないアーケードの上方二百メートルのここにいるぼくまで達したかのようだった。このたびはぼくを見ていた。たしかにぼくを見覚えていたのだ、博物館でか、夢の中でか。アドレナリンがまたしてもぼくの腕に鳥肌を立てた。とは言え、逃げ出すとか、心休まるアルプスの見える方へ移るとかいう気には全然ならなかったのだ。彼女と顔つき合わせるところまで歩いていった。このときほど強烈な宿命感覚を持ったことはない。何かが起こるはずだ。今だ、今こそ、と胸につぶやいた。そうして起こった。ぼくの胸元へ来て、奇怪な頭をぼくの方へ上げた女がぼくの眼を見つめて、『ミルチャ』とささやいた。その声の大きさは、ときおり、疲れ切って眠りかけたときに、ごく近くから、自分の頭の中から、頭の真ん中から、自分の名を呼ぶ声を聞くような大きさだった。すべてまがうかたなき現実、現実だった。二人の視線のコンタクトも、彼女の眼の非人間的な表情も。

それからぼくは逃げ出した、どうしようもなくなって、回廊テラスの反対側へ走った。もう口も利けなかった。マルコとブルーノは死ぬほど仰天した。ブルーノの方が勇敢で、テラスの反対側へ見にいった。戻ると「何も変わったものはないよ」と言った。「どこも観光客ばかりさ……」エレベーターを待ちかねて乗り込むと、また、市街とアルプスを眺めていた日本人たち、スウェーデン人たちで満員になった。広大なモザイクの一階までどうやってたどりついたか覚えがない。その午後、飛行機でどう飛んだか、オトペニ空港でタクシーをどう拾って、どうやって家に着いたか、分からない。

今日もまだぼうっとして、怯えている。

子供の脳髄で愛する

世界中で一番素晴らしい女性は、真実あなたを愛し、真実あなたが愛するひとだ。ほかのことは何一つ問題にならない。あるとき、高校時代に、一人の友達と大通りをぶらついていた。二人ともナイーブな欲求不満の若造で、〈スケ〉の採点をしては、実際は色ごとに幼いだけに余計に下品な言葉でしゃべっていた。あの子のケツはどうの、その子のパイオツがどうの……。ぼくらにとって女性とは〝ヴォルヴォ〟か〝マセラッティ〟の店のショールームに飾られた自動車のような贅沢なグッズにほかならなかった。自分もいつかそんなものを手に入れることがあろうと本気で想像したことはない。

パトリア映画館の前で見たひとはショッキングだった。ぼくらは立ちすくんだ。黒い網タイツの中のなんというふくらはぎ、なんと細いウエスト、なんとすてきなショール、さまざまに流れるなんという巻き髪…。彼女を正面からも見ようとして一回りした。どうしてこんな乳房を持てるんだろう、そのころぼくらには〈ペントハウス〉の代わりだった美術アルバムでしか見たことがないような完璧な乳房。こんな生き物はだれのためにあるのだろう、彼女とのセックスの夜はどんなであろう？　ぼくらは結局チケット売り場の列に並んだが、彼女から目を離さず、『とっておきの話』*1 なみの品評を続けていた。すると、僕らの前に並んでナッツの種をかんでいたかなり垢じみた男の声が聞こえた。「あのパラシュート、いいじゃないか、ええ？　おたくらにも気に入るだろう、あんちゃんよ……。でも俺の言うことを聞けよ。ああいうのはさんざ頂いたさ。ちょっと見には味がよさげだがな、その辺にあいつにうんざりし切った男がいるってことよ！　たぶん世界一いい女だろうさ、ブリージバルドだろうさ、だれかにとっちゃあ気に入るんださ、おれの女房がおれの気に入るぐらいにはよ……」

このコメントはぼくには想像を絶するショックだった。触ることもできず想像もできない美そのものに飽きるなんてことがあり得ようか？　自分の皮膚まで捧げたいような相手に？　一人の男として、彼女の胴に腕を回すことができ、何分間もその目に見入ることができ、彼女をベッドにそっと横たえることほど望ましいことがどこにあろうか……。その絹のような肌着を脱がすこと……。ここから先ぼくの想像力はブロックされていた、どうやってセックスするのか想い描くことができなかった。その様子を考えるたびに渦を巻いて息を詰まらせる赤い海原しか見えないのだった……。

その後、ぼくも知った、現実の女、想像の女、夢の中の女、本の中の女、コマーシャルの女、映画の女、ビデオクリップの女。ポルノ雑誌の女。それぞれ違っていて、それぞれ別の何かを提供した。ぼくは何人かと恋に落ちた、するとそれはいつも同じだった。愛することができようという最初のサインはいつも、そのひとを見て「どんなに味がいいか」と考えたりできなかったという点だ。たとえよかったとしても。成人男性の脳にはホルモンが染みこんでいる。最高に上品な知識人といえども例外ではない、何歳になっていても、かたわらのぶすっとした知らない女を相手にどうしようと想像する。しかし、世界一素晴らしい女を知ったときには、それは自分が愛せる人ということだが、そのサインは、あたかもほてった脳からセックスと攻撃性のホルモンが退場して、子供の脳みたいに無邪気に、かたつむりの角みたいに透きとおったかのように、ふくらはぎも、〈パイオツ〉も、もう見えないのがそのしるしだ、そうならなくてはならない。セックスをするのは男の脳であるが、恋をするのは、信じ切り、寄りかかり、愛情を与え受けるのにひたむきな子供の脳である。ぼくの人生のすばらしい女たちは、ぼくが本当に愛し、ぼくの愛に愛で答えたすべての女は、ある意味で非肉体的だった、純粋な悦びだった、

＊1　ルーマニア十九世紀の作家イオン・クリャンガ（Ion Creangă, 1839-1889）の没後五十年で初版が発行されたエロチック・ユーモア短篇小説。

純粋なノイローゼだった、純粋経験だった。官能は、時には深く遠くまで赴きはするが、込み入った消耗させる頭の冒険の構成要素の一つに過ぎなかった。

だから、ぼくにとって「最高に素晴らしい女」は、９０―６０―９０とか、ブロンドか茶髪か赤毛かとか、すらりとしてるかおちびさんかとか、店員か詩人かなどの意味では存在しない。最高に素晴らしい女とは、二人で〈ぼくらのカップル〉〈ぼくらの愛〉という名のバーチャルな子供を持つことのできた女だ。

アイリッシュ・クリーム

道路の左側を走る右ハンドルの車に乗せてもらったことがおありだろうか、つまりイギリス式だ。ぼくはある、そうしてそれはおよそ世にも奇妙な経験だと断言する。脳の病気としては——神経学者オリヴァー・サックスがある有名な著書に列挙しているが——愉快なものから怖ろしいものまでの様々な幻想を産む病気が存在する。自分の体が半分なくなっているという感覚をもつかもしれない。ごく身近な存在、たとえば妻や父親のような人がそのものではなくなって、ただ似ているだけで自分に陰謀を企む別人になったと思い込むかもしれない。あるいはある種のコンピュータ・ゲームさながら、自分の後ろ姿をつい一メートルの間近に見ているという奇妙な感覚をもつかもしれない。自分の脳ではなくて周囲の世界がひっくり返るときにも、そんなような感じがするものだ。街道を〝逆走〟していると、夢のような感じだ。なにかがまともでない、一見ちょっとしたことだが、そのため全宇宙が問題になり、結局はその宇宙での自分自身の状態が問われる。巨大なローバーの後部座席のすみに縮こまったぼくは、アイルランドについたその晩、ああ逆走行している、今にも対向車と正面衝突する、という感覚を鎮めることができなかった。

ぼくの頭だってあなたが多分思っているほど無邪気だったわけではない。実はベルファストから出たばかりのパブで休憩したとき、アイリッシュ・コーヒーを注文した。そのころは（一九九三年だった）それが何だか知らなかった。ただ、やっぱり初めてドルイド人の国に、ギネス・ビールとジェイムズ・ジョイスの国に来たのだから、何か現地のものをと思ってアイリッシュと言っただけだ。運ばれてきたのはコニャック用のような大きなグラスになみなみとあるコーヒーと、小皿には香りのいいアフターエイトが二枚、濃緑の袋に入っていた。テーブルを立ったとき、信じられないことに千鳥足で歩いていると気づいた。というのは、アイルランドではアイリッシュ・コーヒーとはコーヒーと言うよりもウイスキーなのだ。こういうわけで、暗くなるにつれ、そうして村々を過ぎるにつれて、ぼくの混迷状態はいよいよ増したのだった。

アイルランド共和国への（ただの想像上の）国境を越えて、丘陵地帯をアンナグマケリグへ向かって分け入った。夜になった。ドライバーも全く〝しらふ〟というわけではなく、彼だけの言語でべらべらしゃべっていた。一応英語らしい十の単語のうちで理解できたのは一語だった。運よく女詩人の一人が隣にかけていて、英語はできないのに、あるいはまさにそのおかげで、二人で凄く盛り上がっていたようだ。もう一人の女詩人は後部座席のぼくと反対側の隅に座り、反対側の窓を眺めていた。ぼくはそんな女二人の間の男の子一人だった。こんな変ちくりんなルーマニア人の組み合わせをだれが思いついたのだろう。その二人は不倶戴天の敵どうしで、今まで、オトペニ空港でも、タロム航空でヒースロー空港まで飛行中も、最後にエアリンガス航空でベルファストまでの間も、一言も交わさなかった。ずっとこのままならおもしろかろう。ぼくたちはアイルランドの核心部へ、アンナグマケリグへ向かっていた。そこの文化施設タイロン・ガスリー・センターに二週間滞在することになっている。

道のりはこれほど小さな国にしては意外に長かった。もう一度小休止して氷入りで水っぽいギネスを巨大なジョッキで飲んだ後、真夜中にお城についた。窓がなく非常に高い壁がヘッドライトに照らし出されたあと、運転手がエンジンを切ると、突然完全な静寂が訪れた。ローバーのひっきりなしのきしみ音のあとで心からほっとしたので、その静けさを乱すに忍びない思いだった。ヘッドライトも消えて、車を降りると、今まで見た中で最高に幻想的な星空だった。全くのところ、ぼくがこれを書いているのはこれからあとのラブ（でもないが）・ストーリー――と言っても、女詩人の一人または両方が相手と期待されるかもしれないが、とんでもない！――のためではなく、十一月のあの空を、星で真っ白なアイルランドの空を描写する狂おしい悦びをもう一度味わいたいためだと思う。蒼穹は傾き、片側だけが黒いお城の壁に支えられていた。城壁の暗い長方形の部分を除けば、全天が星で溢れていた。圧倒的だった。光るスポットの方がその間の暗闇よりも多く、ばらばらに散って、あるいは濃密に、あるいは淡く、大きな光の塊になったり、凍った大気に溶け込んだりしている。怖ろしく寒かったが、それでもぼくたちは入り口へ急ごうとしなかった。車から降りた場所で、あの輝く魔術的な空の方を、真っ暗な世界の上に円く広がるコスモスの方を眺めて立ち尽くしていた。そこでは光の流氷と氷山が流れ、そこで、ぼくたちの頭上で砕けていた。

寝ぼけ顔のメイドがせかせかとみんなに切り分けたプディングでささやかなディナーをすませると、それぞれの広大な部屋に案内された。この形容詞「広大な」を皮肉でなく使うのは初めてだ。城は奥が深く、ペレシュ城[*1]なみに飾り立てられていた。鏡やシャンデリアや寓話画が果てもなく並ぶ廊下を歩いた。壁に古い本や甲冑の棚がぎっしり並ぶ階段を登った。たくさんの広大な部屋を通った。天井が二階までの高さのたくさんの部屋だ。どの部屋も暗く古い家具でぎっしりだった。どの部屋も凍り付くようだ、城内は外よりも寒かったから。この厳寒を二週間どうやって眠るのか？　やっと、問題の女詩人二人がお似合いの霊廟なみの部屋をとった後、ぼくの方も三室続きの納骨所に放り込まれた。サロンと勉強部屋（片隅に巨大なマジョリカの地球儀、それから古切手と望遠鏡のコレクション）と、それから寝室は中央に王様か少なくとも男爵様向きの天蓋付きベッドがある。まだ寝ぼけ眼のメイドにお休みを言うと、真の闇の中に残された。手探りでたどりついた寝室のドアを開けると青みがかった薄闇がひろがった。窓は黒い樹木と星で一杯だったのだ。それは寂しく清らかな明かりだった。ぼくはトランクをベッドのわきに転がし、ロックを外した。ジャンパーも脱がず（考えるだけでぞっとした）、パジャマをさぐったけれど全部ごちゃごちゃにして終わり。涙と鼻水が出てきた。指が凍えた。こんな感覚は軍隊以来だ。えい、着たまま眠ろう、ほかにどうしようもない。

ベッドの端に腰掛けて、極地の酷寒の一夜を思って怯えていた。だがそのとき、毛布の方から暖かい湯気のようなものが漂うのを感じた、多分幻覚だろう。手のひらで布団に触って、びっくり仰天した。ほんとうに暖かかった！　それだけではなくて、だれかがベッドに潜ってでもいるように、こんもりと盛り上がっていた。突拍子もない考えが頭をよぎった。係員が間違えてぼくをだれかと一緒の部屋に入れたのかな。首を切られたばかりの屍体のイメージまで閃いた。ベッドから腰を上げた。もう体の奥から震え上がっていた、寒さだけではなく。どうしよう？　だれを呼びようもないし、スイッチのありかも分からない。そこにいるのは一体だれだ、アイルランドの真ん中の、お城の真ん中の、ぼくの部屋の真ん中のベッドの真ん中にいるのは？　ぼくは無意識に光を求めて窓際へ行った。だがぼくの『嵐が丘』の記憶……拳で窓を叩く青白い幽霊……がぼくを追い立てた、中へ、中へ……。窓ガラスをさっ

＊1　ペレシュ城はルーマニア王国時代に夏の離宮だった。

と曇らせたのは怯えたぼくの吐く息だった。縮み上がりながら、咄嗟に決心した。ベッドに向かい、やけのやんぱち空元気、えいやと毛布をはねのけた。天蓋の下に現れた光景にぼくは口あんぐり。ぼくのベッドの敷き布団の上のシーツに身を沈めているのは、一頭の羊だった！

大きく、ふさふさした毛並み、ベッドの端へ尖った長い蹄を伸ばしている。夢か？　おかしくなったか？　どこかのシュルレアリスト連中のわなにかかったのか？　プディングになにか入ってたのか？　鶏が徘徊し、牛がバルコニーまで登る『族長の秋』の廃れた宮殿を思い浮かべた。「What now? さてどうしよう？」とつぶやいた。羊を寝室から追い出さねばなるまい。だがいったいどうやって？　この絶対の沈黙の中で、羊が突然身をもがき、黙示録のようにめえめえいう瞬間がそら怖ろしい。とうとう片方の耳をつまんでみた。布のような手触り。それを引っ張ると、腹の中で何かがだぶだぶ鳴った。ぼくの方へ突き出されている足に触ってみた。それはただのフランネルの筒で、ぐにゃりとぶらさがった。なあんだ、本物の羊じゃない！

それはただのゴム袋を羊の形に作ってお湯を入れ、精巧に縮らせた化繊の毛皮をかぶせたものだった。これぞ厳寒の夜の生き残りの秘密。古い家具のぎっしり立ち並ぶ巨大な倉庫を暖房するよりもはるかに簡単だ。笑いながらトランクからパジャマを出し、服を脱いで、寒さで紫色になった肌の上にパジャマを着、ぶるぶる震えながら、熱いいとしの羊と並んで布団にもぐった。羊を抱いて眠りに落ちるまで、瞼の裏を過ぎっていたのは自動車の長い道のり、一階がパブになっている青白いビルが次々に窓外を後ろへ飛び、非物質的な樹木が、そちらも一瞬ヘッドライトにまぶしく照らされては、ちらつく夜の彼方へ消えていくのだった。

翌日、早朝、羊はまだぬくもりがあったが、もう羊のことは忘れて貰わねばならない、ヒロインは彼女ではないのだから。ありとあらゆるエロチックな空想にふけるぼくでも、これは別だ。もし布団の中にいたのが奇跡の羊[*1]の代わりにゴムの女性だったら、おそらく、さてどうだろう……。だが無駄話はこの辺にしよう。その朝、ぼくたちの詩を翻訳するアイルランド詩人たちを紹介された。この青年たちは二週間というもの、ただ飲み続け、不吉なバラードを合唱するのだった。

There's a puuuuub where we all long to goooooo
みんないーーーきたがる　パーーーブがある
Its naaaaame is Heaaaaaaven. . .
そのなーーーは　てーーーーんごく……

＊1　代表的なルーマニアのバラーダ「ミオリッツァ」を想起している。

だがほかのこともやっていた。ナイフで切り取れそうな濃霧と氷室並みの寒さの中を、少なくとも日に十回ほど、近くの池の周りを走っていた。それから女の子たちを連れて来ていた。ヒッピーグループという感じで、城内至る所に散らばっていて、部屋でも廊下でも出くわすのだ。髪の色は青や緑やマホガニー色、ごく短くいがぐり風で、だらしなく見えた。ほとんどはいかにもアイルランド娘らしくそばかすだらけの赤ら顔だ。しゃべるのを聞いてもわからない。そっちで fuck とこっちで fuck と fucking（フック、フッキングと発音）と、これだけで彼女らのおしゃべりのまあ四分の三になった。夜は、あの完全な静寂の中で、ときどき、宮殿の奥深く、彼女らの悦びの鼻声が聞こえることがある。城内には以上の動物相《フォーナ》のほかに、だれもが通りがかりには彼の肩を叩いていくビリーという人物がいた。いつも城壁沿いの野生のケシの茂みにホースで水をくれている人。ぼろぼろに裂けたつなぎ服で、ときどき焚き物の枝を背負って来るのは、間違いなく庭師か何でも屋さんだ、とぼくは思っていた。滞在の終わり頃になってビリーが実はタイロン・ガトリー・センターの理事長、つまりわれわれの宿主で、世界的に著名な劇作家だと知ることになる。

彼が最初にその話をぼくにした。三日目か四日目に食卓でたまたま彼と隣り合わせて、相も変わらぬプディングをスプーンで食べていた。「調子はいいかね」と口いっぱいに頬張りながら訊ねてきた。「ええ、結構」とぼくのアイオワ・シティ英語で応えた。詩の進みぐあいは？　まあね……うまく進まない、うちの方の女流詩人たちと来たらとんでもなく高慢ちきで、翻訳の決定稿に満足することがないんだ、とはいえ英語は一言も知らないのに。要するに、響きがよくないというのさ。片やアイルランドのクレージーな詩人たちの方はぼくの下手な素訳を飽きもせず聴きたがっては、書きたい放題でたらめな訳文を作るのだった。実のところ彼らは二日酔いの連続でぼうっとしていて、詩どころの話ではなかった。アンナグマケリグ滞在はかれらの頭にとっては夢にも見たことのない棚ぼたであった。そうしてたっぷり利用していた。「伯爵姫にはもう会ったかな?」　姫って?　なんだ、あのひょっとこ詩人連中からまだ聞いてないのか。アンナグマケリグ城には幽霊が出る、何十人も証人がいる、れっきとした証明書つきだ。三階の北向きの壁の額縁に入った証明書を見なかったのか?　いいや、見なかった。「ふむ……いいかい、これは長い物語だが、かいつまんでみるとしよう」十六世紀、城主はある伯爵姫だったが、ある部屋で刺し殺されたそうだ。(どの部屋?　秘密。招待客はだれもがほかならぬ自分の寝室だと思わされるのだった。)それ以来、もはや伯爵姫に安らぎはない。時折、ここに宿泊する人のところに現れる。残念なことに、爪の先までナショナリスト(このごろはそれを右翼過激派というんだ、とビリーはにやりとする)で、純血アイルランド人の前にしか現れない……。「おやおや」とぼくはがっかりして見せた。「でも望みはまだあるよ」いつでも、せめて一晩ぐらいなら、君だってちゃきちゃきのアイルランド人になれるよ。いっぺんにアイリッシュ・ウイスキーを一本空けるだけでいい。そうすれば伯爵姫の幽霊はガイジンの前にも出られるようになる……。「そのうち、ミルシヤ、君に一本買って上げよう」とビリーは席を立ちがけに言い捨てた。「Fuck 伯爵姫」とぼくは無味無色無臭のプディングを苦労して呑みこみながらつぶやいた。fuckをスペリング通りに発音するように気をつけながら。

午前中はますます野放図になる詩の翻訳に苦労し、午後は例の女流詩人二人が野良猫なみの喧嘩にならないように間に入り（もう断じて口を利こうとはせず、お互いに相手の詩が朗読されるときに、ただ吹き出すばかりで、ときどきはぼくを脇へ呼んで、それぞれ相手が昔の体制下でやっていた政治的なまた性的ないかがわしいことをばらす）、そうして晩になってやっとぼくの羊のもとへ帰るのだった。彼女はいつも辛抱強く熱烈に待っていてくれた。十日経つとぼくたちは緑のアイルランド（実際は十一月のその季節はただ一面の霜と霧）にはもううんざりしきっていた。ただ星空の夜々は比類ないどころか、ぞっとするほどの美しさだった。星が純粋なヘロインの粉のようにちりばめられたあの斜めの空の下なら死んでもいい……

おしまいにはみんなぐったりした。詩集はできあがり、ぼくが生まれて初めて見たノートパソコンにきちんと収められた。厚さは材木並みでディスプレーはモノクロだったが、ぼくらには奇跡と映った。酔っぱらってできた翻訳に開いた口がふさがらない。酔っぱらってできた赤ん坊と言ったところ。僕らのその詩をルーマニア語に訳し返してみれば、ルーマニア文学史上に先例のないようなものになろう……。でもそれがどうした？　最後の晩に陽気な連中はエレキ・ギターを抱えてやってきて、うようよ集まったへべれけのグルーピーの声も伴奏に歌ってくれたのは、お決まりの――

There's a puuuub where we all along to gooooo
Its naaaaaaame is Heaaaaaven. . .

とはいえ、それはわれわれの応答に比べれば天才的だった。というのは、われわれもなにかやれ、なにかルーマニアのを、なにかルーマニア的なのをと責められて……。敵同士の二人の女流詩人と急いで相談したところ、三人揃って知っている歌は一つだけだと分かった。さんざんためらったあげくのその「善人はこう飲む」[*1]の三重唱は、三人の詩のスタイルの違いをも上回って不揃いだった。女流詩人の一人は一種のアルトで鋸の目を立て、もう一人の方は洞穴から響くような湿っぽい、なにやら淫らな声でアイルランド人たちを仰天させた。ルーニ・ブーニ、マルツィ・フラツィ（月曜・善人、火曜・兄弟）と踏む韻はレオポルド・ブルームの同国人たちの耳には妙ちきりんだったにちがいない……。そのあとはもうみんなへべれけになり、友好的になり、キスしあい、夜中過ぎまで踊った。約束通りジェイムソン・ウイスキーを一本持って来たビリーはゲール語[*2]の詩をたっぷり朗唱してくれた。その響きはわ

＊1　マラムレシュ地方からひろがった民謡。曜日ごとの酒飲みを歌う。
＊2　ゲール語はアイルランドの第一公用語。スコットランド、ウェールズにも同系の言語が残る。

れわれの〝善人〟に負けず劣らず奇妙だった。ぼくも〝せめて一晩〟だけでもぱりぱりのアイルランド人になろうと、隅の方でジェイムソンを頑張ったが、半分あまりしかできあがらなかった。

それでもぼくの熱意は評価されたらしい、というのは……その夜伯爵姫がぼくのところへ出たのだ！ 伝説は立証された、ものの見事に！ 朦朧と非物質的にではなく、鎖をがちゃがちゃ鳴らしたりせず、窓ガラスを（ねえ入れて、などと）叩きもしなかったが、とにかく、まぎれもなく伯爵姫だった。天蓋つき熱い羊つきのベッドに着たまま転げ込んでから一時間ほどして、寝室のドアのぎいいという軋みで目が覚めた。そのとき忍び入る伯爵姫が見えた。星明かりに片側が照らされ、反対側は暗く謎めいていた。羊がひらりと舞い上がり、ベッドわきにずしんと落ちるのが見えた。伯爵姫はぼくのそばに潜り込み、気が遠くなるようなウイスキーの臭いを吹きかけた。伯爵姫はぼくの脚の間に手を差し入れ、小さな金属の玉を真ん中に植え込んだ舌でぼくの口の中をなめまわした。伯爵姫の頭を抱き締めると乾いたヘアスプレーで無数の硬い棒になった髪の毛が胸をくすぐった。ブラウスの下の伯爵姫の乳首をさぐると、その一つには銅のリングが填まっていた。伯爵姫のパンティを脱がせると恥毛は硬く粗かった。伯爵姫の囁きが聞こえた。かすれた、情熱的に、「やって、そっち、やって、こっちよ」。伯爵姫の尻をつかむとそれも凍り付いていた（そのうちにあたたかくなった）。ぼくは、何度も繰り返し、いろいろなやり方で、いろいろな部分へ、一晩中伯爵姫の中に入り、とうとう伯爵姫はドルイド族とギネスとジェイムズ・ジョイスの国のアイルランドの真ん中のお城の真ん中のベッドの真ん中で悦びの鼻声を出していた。朝、伯爵姫はベッドの中でごそごそとお尻丸出しで靴下を捜していた。髪は緑色だった。伯爵姫の尻の左側には太いマーカーでTAKE、右側にはMEと書いてあった。それから文字は布に隠れ、リングは別の布にかくれ、金属の玉は「バーイ!」でまたきらめき、そうして幽霊は消えた、跡形もなく……。

朝、お城の石壁の前でぼくはビリーを抱きしめてさよならを言った。ぼくたちに別れの挨拶をするために早起きしたのは彼一人だった。生け垣刈り込み用の木ばさみをちょっと下に置いて、ていねいにぼくに訊ねた。「ようやく伯爵姫を見ましたかな?」彼の姿は朝霧越しに辛うじて見えていた。「そのようです」とぼくは答えて、門で待っている大きなローバーの方へ向かった。決して言葉を交わさない二人の女流詩人はもう車の中だった。運転手が例の分からない英語で何かつぶやき、キーを回した。まるいアーチの濃霧をくぐって街道へ出た。ぼくたちはお化け屋敷アンナグマケリグ城をあとにして、またアイルランドのこの世ならぬ錯綜した道を逆走した。

霊感の源

ぼくが子供で『無鉄砲クラブ』や『空想科学短篇集』などのコレクションの小冊子を読んでいたとき、奇妙奇天烈な話――ファラオの呪い、途方もなく巨大なゴリラ、手指が四本の火星人など――をそれこそ息もつかずにがつがつ呑み込み、それから「巻末付録」のようなところで、いろんな学者、芸術家、作家の実人生における奇談奇癖のページに、唖然としながら、目を通したものだ。一般に学者たちは、そこでは、大変なうっかりものだった。ある人は朝食に卵の代わりに時計をゆでていた。ある人は左右色違いの靴で街へ出た。ある人は自分の家のドアをノックして、ミスター自分は家にいますかとたずねていた……。大概の学者は正札付きのキ印だった。また作家たちは、これもみんな偏執狂の類だった。ある作家は婦人服を着ないと書けなかったし、別の作家は腐ったリンゴの匂いを嗅がないとペンをインクに浸すことさえできなかった。別の作家は二階から鉛筆を投げて、舗装道路で立てる音を聞く、するとインスピレーションが湧くのだった……。ある作家は日にコーヒーを二十杯飲んだ。別の作家は自分自身と一時間も喧嘩して髪の毛をむしり、やっとそのあとで執筆に着手した……。多くの作家がデスクになにか小物を必要とした、それを見るとようやくインスピレーションが訪れるから。どんな小物があるかって！ 見る聞く考えるの知恵の三猿、婦人用靴下留めの片方、ガラスの義眼、どこやらの哲学者のトルソ（その哲学者という連中も引けを取らず。同じ所に書いてあったが、ほとんどみんなシラミに食われて死んでいる）、指貫、七面鳥の肋骨、ややこしい物語のある小さな胎児の浮かぶ壜、腐ったリボン……。この有名人たちの群れは何といい眺めだったことか。利口すぎれば馬鹿になると母がぼくに言ったのはもっともだった。

その小冊子を奥付けまで見終わると、また海賊が歯を剝きだしている表紙をうっとりと眺め、自分も作家になれたらどんなによかろうと考えるのだった（すでに短篇をいくつか書いていた）。そのとき自分はどんな奇癖を持つであろうと自問した。おそらく百年後、その小冊子の終わりのページに、自分について、バルザックやアレクサンドル・デュマ、モーパッサン、トルストイなどのように、「ミルチャ・カルタレスク（一九五六年～）が仕事机に座る前に必ず目の前になくてはならないのは……」何？ なんだろう一体。その当時分かるはずもなかった。作家は大人になってからでも急変するのが常だ。ある日の午後、することもないので、宿題をする〝ぼくの仕事机〟の上に、赤ん坊が満一歳の髪切り儀式のときにお盆の上に並べるようなばらばらのものを集めた。その中のものを一つ選んで、級友たちに、それがぼくにインスピレーションをもたらす、それがないとぼくは書けないと言おうと考えた。その仕事机に何を置いたか、もうよく覚えていない。確かにあったのは、母のスカートについていたジッパー、積み木ゲームのアルコの黄色い木片、それにきっと戸棚の上のマジック・アイ一個つき古ラジオのソケットから抜いてよく埃を拭った電球……。ぼくは小物の一つ一つを握ってじっと目の前にかざし、ひっくり返しとっくり返し、ちょっぴりとでもインスピレーションを感じようと試みた。どうやらラジオの電球がなにやら言うようだ。翌日それを持って登校したが、隣の腰掛けのクラスメートに見せているとき、先生（悪名高いミセス・ジョーネア）に取り上げられ、とうとう返してもらえなかった。ぼくの作家としてのキャリアはこれで決定的におじゃんになったように見えた。

運命の皮肉で今日、才能によってではないにしても、少なくとも奇癖によって、ぼくは付録や年鑑に並ぶマニアック作家の長いリストの末席を汚すことになっている。ファラオたちの呪いがここまで及んだのだ。先に挙げた髪切り儀式にはたしかに入っていないが（それを手に入れたのは五年後の一九七三年春だったから）、ある小さなオブジェがぼくにとってバルザックの三猿とゲーテの鉛筆（ぼくの記憶が確かならだが）と同じように不可欠になった。それなしではどうにもならないようだ。だれにも決してそれを見せまい。いいや、盗まれるかもしれないから、そうしたら『オルビトール第三巻』も、その後に書けるはずのも全部おさらば、というだけではなく、それはいわば……内密なもので、手離すわけにいかないからだ。女性トイレの空間は通常の空間と異ならず、床はおそらく同じ白黒のモザイクだろうが、ぼくらの頭はそこへ入るというアイデアを拒む、まるでそこはパラレル・ワールドへのワープの場であるかのように。同じように、ぼくにインスピレーションを与えるオブジェ、そのイメージなしでは一行も書いたことのないオブジェは、要するに他人の目には何物でもない。それについてぼくは一度も話したことがない、あるとき、ぼくにごく身近なひとがある物を推測したことはあるけれども。瓶の中の胎児の話と同様に、ぼくの小さなオブジェの物語もややこしい。

ぼくの覚えている限りで生涯一番の驚愕の春の日、それはあの一九七三年四月六日だった。三年後に書いたぼくの詩〝墜落〟もそれを諷している。「四月六日、そうして大地はなく／ただ紺碧の空、紺碧の葉、鳴り響き……」一日中幻を求めて歩き回るうちに、古いモシロール街道とリゼアーヌ通りの間の狭いほこりっぽい小路を辿っていた（ある女子クラスメートの住所を捜していて、後に本当はコレンティーナに住んでいると分かったのだが）。両側には色ガラスの庇《ひさし》のある奇妙な黄色い家々が並んでいた。紺碧と深紅の夢のような空の下——黄昏だった。風で埃が舞い、目に髪に入り込むが、それが妙な具合にぼくのホルモン性狂気と昂揚の一部となっていた。ぼくの思春期の最初の春のことだった。埃の渦巻きの中に自分も溶け込みたく、狭く続く中庭の夾竹桃の尖った葉の間に自分もまぎれ込みたかった。だれにとも知らず恋に落ちていた、一日中、あの古びた表戸や空の映る水たまりを眺めながらぼけたように歩き回った。家々は古く、空き家のように見え、捨てられたかのようで、窓ガラスの代わりに黄色くなった新聞紙が貼り付けてあった。突然気がついた、自分が捜していたもののすぐ近くにいると。洗濯物をかけたロープが延びる中庭の奥から九つぐらいのみすぼらしい服の女の子がこちらへ向かってきた。瀬戸物にひびの入ったような不細工なニス塗りのイミテーション皮革製で、ゴムタイヤのない歪んだ車輪の乳母車を押していた。乳母車には頭がボール紙でやはりエナメル塗りの人形が乗っていた。きっぱりとぼくの方へ向かってきて（ぼくの着ていた高校の制服は呆れるほど劣悪な材料で、膝と肘には初めから癖が付いていた）、鋳鉄の垣根ごしに「目をつぶって、手を伸ばして」と言った。ぼくは目を閉じ、まるでこの出会いがいつか予言されていたみたいに、ひどく幸せな気分になった。一瞬のち、掌にあるオブジェ——それを今もコンピュータでこの文章を書きながら目の前に眺めている——の目方と冷たさを感じ、指で握りしめた。「しあわせものさん！」と女の子は言うと、さっと身を翻して中庭の奥の方へ乳母車を押していき、どこかの部屋に消えた。ぼくは拳を開いた。掌の上のオブジェは薄明の中で、ますます薔薇色にますます匂うような黄昏の空を反射していた。ぼくはそれを家へ持って帰り、その時にすべてが始まった。

その秋、ぼくは日記を書き始めた。三十年以上経った今日も丹念に書いている。その後、次から次へ、詩、短篇、長篇、ラブレターが出てきて、すべてぼくの日記のパラドクシカルなレースの中に編み込まれた。そうしている間じゅう、ぼくのオブジェはぼくの前にあって微動だにせず、数多くの蠟引きテーブルクロスやたくさんのデスクのニスにあとを残したのである。どこへ旅行するときも持っていき、ワシントンのクラウンプラザ・ホテルのタイプライターの前にも、またイタリアはベッラジョのぼくのパソコンの前にも置いた。ぼくはいつも鍵をかけた部屋で一人で書いた。ひとりっきりで閉じこめられていないと書けない病気なんだと他人には言っていたが、実はそうではなく、ぼくの小さいが肝腎なインスピレーションの秘密が暴かれないためだった。

今日、もう十分書いたと思っており、今までに出した本にもっと他の本を加えるかどうかは自分にとってほとんど問題にならなくなった今日、そもそも一体ぼくの天啓のオブジェとはなんであるか、自発的にベールをはがす時ではないかと考えた。もしもそんなことが読者の誰かの関心を惹くならばだが。今度こそ物事をありのままに言いたい、どんなに厄介なことになろうとも（ラスコーリニコフが苦悶のあまり交差点の真ん中でひざまずいて〝みなさん、ぼくは人を殺しました！〟と叫ぶのよりも、ぼくにとってはもっと厄介なことなのであるが）。親愛なる読者よ、今までにぼくが言ったことからすでになにかしらの推測が生まれていると思う。急いでそれを確認するか――それとももっと暗鬱な現実のためをおもんぱかって否認するか。本当のところ、どれほどうそっぽく、非現実的に、おそらく背徳的に（ある高次の背徳の意味で）見えようとも、いつもぼくにインスピレーションを与えたオブジェ、それなしでは何一つ書かなかった（あたかも、ぼくの執筆を通じて自己表現したいという抑えがたい欲求を持ったのがぼくではなくてそのオブジェだったかのように）であろうし、事実、今あるぼくのすべてがそれのおかげであるオブジェ、それは一つの（185ページに続く）

二種類の幸福

肉体にとってのオルガスムに相当するものはわれわれの精神体にとっての至福である。それは短い圧倒的な感覚、神秘家や詩人が探し求めるあの啓示である。一年中とか一日中、至福ではいられない。数時間すら続かない。ドストエフスキーはそれをてんかんの前触れの一つとして記述した。リルケは至福の〝絶頂〟について語っている。それは美しさが耐えられる限界で、それを越えると苦痛が始まる。おそらくゲーテが幸福の基準を一番よく見抜いていた。本当に幸福なのは時間を止めたいと思う時、その瞬間を永遠に保ちたいと思うときであると。言うなれば、あらゆる人生を構成している凡俗な、灰色の、寂しい、恥ずかしい、卑しい、惨めな、退屈な瞬間のきりもない連なりの中で、それでも、何度か、あるいはたった一度でも、震えるような至福の火花が光ったなら、君の人生には意味があったのだ。それについてヘルダーリンは「一度神々のように生きたならそれ以上は望まない」と書いている。これが正真正銘の幸福で、大概の人間はそれを求めず、切望しない、なぜならばそれは人を破滅させかねないから。神々のように生きることは、たとえ一瞬であっても、それは高慢の罪《ヒュブリス》であり、支払いを要する。

もちろん、これは「人権宣言」のめざす幸福ではない。そこで人間は人生最高の善として幸福を追求すると言われるときには、この語の全く別の意味が念頭に置かれている。神秘的、審美的、宗教的な第一の語義に比べて遥かに「社会学的」な意味である。普通に人々が求める幸福は法悦体験とはなんの関係もない。反対に、そこで言われるのは有名な古代の「黄金の中庸」であり、自分の庭いじり、人間にふさわしく騒擾も過剰もない賢明な生活の静穏である。この意味で、哲学者たちは羊飼いの単純で満ち足りた生活を、過大な野心は持たず、そのときどきにもたらされるもので満足する人々の達成を羨んだ。初めに私が語ったオルガスム的な至福を超越的な幸福と名付けていいとすれば、こちらのは地上的な、内在的な幸福のことである。現代の消費中心のグローバル化した世界では、われわれにはもうこの後者の幸福の意味以外は分からないように見える。平凡な、実利的な、物質的標準を超える一切の憧れとは無縁な幸福。快適な家、お金になる仕事、カリブ海（あるいはせめてシナイア……）でのバカンス、財政的に保証された家庭。微温的な愛情（パートナーを本当に愛しているかいないかということなどもう気にしないこと）、大して創造的ではない仕事、空いている空間に詰め込むことのできる（テレビで推奨されている）品物……。人は圧倒的な恵みを受けていることをすっかり忘れた。世界の驚異の中に実在する、生きている、自意識があるという恵みを忘れた。人はもう次のような疑問を決して持たない。本当のところ、自分は何者なのか？　この世で自分はどういう意味がある？　そもそも自分の目が見え耳が聞こえるというこの奇跡を与えられたのは、ただバス運転手になるためだけ、あるいはコマーシャルを作るためだけなのか？　そもそも自分はこの世で何のなすところもなく死ぬのか？

この類の幸福を断罪することは、しかし私の意見では、西欧的生活様式の全否定であって、おおよそのところ不当である。なぜなら、事実上、〝民衆的〟幸福に対する〝エリート主義〟の反動を意味するから。私の考えでは両方の幸福が必要で、どちらも、片方がなければ、貧しく極端になる。そもそも、純粋な詩人や神秘家も、ビールとテレビで愚かになりきった消費者も、ごく少ないと思う。実のところは、われわれはみんなその両方が混ざっているのであり、その結果、人間的な理想とは、物質的にはつつましいながら満たされて、ときおり偉大な真の至福の狂おしい稲妻に打たれることがあるという人生ではないか。

ザラザ

アメリカ軍の爆撃が最も激しくなった一九四四年、ブカレストはどんちゃん騒ぎの二十年前[*1]と同じように浮かれていた。食料品は安く、ホテルは愛想がよく、ラシュカ、オテテレシャーヌ、カラブシュなどのガーデンテラスから、またすでにヘラストラウ公園にあったボルデイからは、場末の家々までソーセージの焼ける匂いや、ジャズバンドとか地元ジプシー楽団のサウンドが届くのだった。ヴィクトリア

＊1　ルーマニアは第一次世界大戦後、トランシルバニアとベッサラビアを回復し、第二次世界大戦に巻きこまれるまでの戦間期は経済・文化の繁栄を謳歌していた。

街は、電話ビルの巨大な影の下に、アメリカの禁酒法とエリオット・ネスの時代を思わせるクリスタル窓の黒塗り自動車を飲み込み吐き出していた。また「ヘリャスカのクーペ」と称する馬車を飲み込み吐き出していたが、馬車の数はヴィクトリア街に出ようとする都内のお金持ちの数に遙かに足りないのだった。ありとあらゆる享楽が手に入った。オペレッタではまだレオナルドが歌っていたし、シドリ・サーカス（老ジョヴァンニ・シドリはもう十年前に死んだが、二人の娘がユダヤ人財政家と結婚してここに根を下ろしていた）は、四回も焼けた後の新しい白青の縞のテントと、今まで見たこともないように飾り立てた二十四頭の馬が評判だったし、カフェ・シャンタンは陽気で遊び好きな顧客層を惹きつけて、その中にはドイツ将校の姿も珍しくなく、同伴の着飾った女性は〝骨なし〟と呼ばれる類で、大概はだれかれの世話になっているのだが、客を迎えるホテルのドアに堂々と料金を貼り出していたりもする。ザラザはこうした女性の一人だった。彼女の物語は、世にも珍しいだけでなく、それが事実だと言うことで、思い出すたびに私は胸が揺すぶられるのだった。ザラザは、ザラダと言う方が正確だが、昔からのジプシー名前だ。「奇跡のような」を意味する。すべての始まりの運命的なその晩、にぎやかなグループの一人の腕にすがってシェラーリ小路の「赤い狐」に入ってきたのは、たしかにジプシー娘で、きりっとした顔に好き者の男のような唇、そうして漆黒の髪の煌めき方はもちろん握れるだけのクルミ油をすり込んだものだ。若々しい緑のドレス、模造ダイヤの派手なイヤリング、靴にはやはり模造ダイヤの尾錠がきらめく。

グループは予約席に陣取り、シャンパンを注文し、冗談を言い合い、不作法な大笑いをした。キャバレーのステージでは首に眠そうな蛇をかけた肥った女が歌っていた。そのあとに鳩使いの芸が続いた。最後に、ハバナ煙草の甘い煙の波を分けて、クリスチャン・ヴァシレが現れた。熱狂的な喚声が沸き起こった。

当代だれ知らぬ者もなかったこの名前は、多分、もう今日では印象が薄いだろう。彼の歌を思い出す人もいないわけではないが、劣悪極まる録音のパテフォンから流れ出した鼻にかかったような声を笑うのがせいぜいだ。そのころは、歌を吹き込むために歌手は銅のラッパのようなものに頭を突っ込まなくてはならず、声はまるで変わってしまうのだった。おまけに録音盤のパテときたら、最高音質とされたHis Master's Voice のトレードマークがついたものでも黒檀製で、時と共に罅《ひび》が入り、老化し、それをごつい鉄の針がひっかいて回復不可能にした。それにもかかわらず、クリスチャン・ヴァシレのタンゴは実に比類ないもので、メロディーの独特な響きがまことに感動的、キッチュな歌詞は胸に染みいるようで、少なくともこの私は、初めて聴いたときからすっかり惚れ込んだ。今では知る人もわずかだが、『ザラザ』[*1]『ラモナ』『煙草を点けて』の作者は、その音楽から言っても、その辿ったロマネスクな人生

*1 『ザラザ』は一九二九年ウルグアイで発表されたタンゴで、ルーマニアでは一九三一年にイオン・プリベアグの作詞、クリスチャン・ヴァシレの吹き込みで大ヒットした。

行路から言っても、われらのガルデルだったのだ。

「赤い狐」に来る客はみんなクリスチャン・ヴァシレがお目当てだった。当時のもう一人の花形ザヴァイドックがヴィオリカ・アタナシエ通りの名高い店「エンジェル」を流行らせたのと同じだ。両雄は愛し合ってはいなかった。ザヴァイドックには当時ボリーラがボスだったバリエーラ・ヴェルグルイ界隈のギャングがついていた。彼は金を払ってボディーガードを頼んでいた。クリスチャン・ヴァシレのほうはテイやマイカ・ドムヌルイ方面のゴリラ連中、グリゴーレ兄弟に鳥目を渡していた。何度も、取り巻きを引き連れたヴォーカリストがすれ違い、ナイフが抜かれた。しかしこの私の物語が始まったのはたまたま休戦の時期だった。

その夜、ポマードべったりでドック人足然の容貌にはシック過ぎる白のスモーキングの男は、最近作曲したばかりの歌でステージを始めた。初めて聴く客席は静まりかえって文句に耳を傾けた。いや、彼の声は金属的ではなかった。それは成熟した男性の声で、歌うハンフリー・ボガートを想像することもできただろう。ただ歌詞はちょっと甘ったるかった。だがそのせいで、厳しく重々しく抑え気味の声と絶妙なコントラストを作っていた。

思い出すかい
なんと優しい言葉を

手紙でやりとりしていたことか？
むかしは
そらで
覚えていたこともある。
手紙を新しい涙で濡らして読んだ
それから口づけした。
夢は断ち切られ
そうして今となっては
あと何を書けばいいのか分からない……

幼いころ、母親が私をかわいがって、どんな優しい言葉をかけても私はさっぱり感じなかった。当たり前のことと思っていた。だが父親が二度か三度「坊や」と言ったのを忘れることはないだろう。父親は私にいつも厳しく、時にはまるで意地悪だったからだ。クリスチャン・ヴァシレの場合もそうだ。このスモーキング姿の野獣がこれほどの男っぽい優しさをリフレーンにこめることができようとは奇跡だった。

おまえに何を書けばいい
いま、別れのこのときに？
もうおそすぎる
おれたちにもう愛はない。
恋の甘い言葉を
あのころみんな言ってしまった。
あれほどそれを繰り返した……
二人はだまし合っていた……

客席の腐敗しきった町の富豪ら、対独協力者らは自分らの下等な単調な愛欲生活までも忘れたように見えた。あるものは黙りこくってぼんやり宙を見つめていた。あるものはシャンパンの細長いグラスを口に運んでは、ふだんよりもずっとたくさん飲んでいた。女たちは、その多くは海千山千の淫売だったが、女学生のように泣いていた。ザラザも気がつくと涙ぐんでいたが、そんなことはこれまでかつて覚えがなかった。歌手はそのあと二曲古い歌を歌って引っ込んだ。ザラザはその三十分間、いても立ってもいられなかったが、あとについて席を立った。即席の楽屋へ入ると、そこでは半分裸にむかれた蛇使いの女が鳩使いの男に愛撫されて下品な笑い声を上げていた。クリスチャン・ヴァシレは近所の酒場にいた。歌う店では決して食事をしないのだ。酒場で一人でアブサントのグラスを前にしているのを見つけた。ザラザはその前に座った。二人は飲み交わし、何時間も話していた（話の中身は永久に知ることができないだろう）、手を取り合い、抱き合って老ジプシーの情熱的なバイオリンに聴き入り、そうして夜も更けて一緒に出た。その夜ザラザは彼の女になり、それからさらに二年に近い月日を、裏切ることなく、外の男にちらとも思いを向けることなく過ごすことになった。ヴァシレの方はと言うと、いつも呼びかける「わが愛しの粋狂女」と一緒でなければどこへも出かけなくなった。ザラザの名を不滅にした有名な歌が生まれたのは、昼も夜も一緒の暮らしが半年ほど過ぎた後のことで、歌詞はかつてドゥンボヴィツァ川のほとりで書かれたことのないようなものだった。

セニョリータ、おまえがユリの花びらに包まれて
黄昏の公園に現れるとき、
その眼は優しい情熱と罪のきらめきを宿し
その体は雌の蛇。
唇は狂おしい欲望の詩、
乳房は至高の宝物。
おまえは心を乱し偽る夢のデーモン

でもお前の笑顔はエンジェル。


それはクリスチャン・ヴァシレの最大ヒットだった。これでザヴァイドックに大きく水を空けた。だれもかれも『ザラザ』を口ずさんだ。それはブカレストっ子の『リリー・マルレーン』だった。ビヤホールでも防空壕でも歌われ、塹壕の兵隊も歌った。そうして魅惑のジプシー女も人気絶頂の愛人と同じくらい有名になった。確かに、彼女がグランディフローラで歌ったとき（というのは彼女の方も歌を仕事にし始めていた）、彼女の声は今ひとつだったが。

——やれやれ、酒場の婆さんよ、きれいな娘はいないのかい
おれに給仕をさせるのに？

——いいえそれより私がするわ、あんた昔の雄鶏さん。

夢の二年間は夢のように過ぎ、ここから私の物語の第二部が始まる。それは不吉な、思いも寄らないものだが、でも正真正銘かけ値なしの事実なのだ。周知のことだが、当時の名の出たアーチストは——

今日でもそうかもしれないし、ラッパーたちやパヴァロッティを考えれば疑いようはないが——キャバレーやカジノや売春宿を縄張りにする街の顔役と組まないことには仕事ができなかった。その連中にとって、有名な歌手とは稼ぎの半分以上を巻き上げる売春婦とかわらなかった。日の出の勢いのライバルを目の前にして、いてもたってもいられなくなったザヴァイドックは、初めのうち上等な手段で勝ってやろうとした。何かヒット曲を作ってやろうと、ガヴリレスク通りの部屋で幾晩もおんぼろピアノを叩いた。げんなりするほどのインスピレーション不足のあげく、シナトラのメロディーを一つ盗んでつかまった。舞台へ戻ったときは、喝采よりも野次と口笛の方が多くなった。そこでバリエーラ・ヴェルグルイのボリーラに頼んだ。犬歯を金色に光らせ、だれにも真似させないチェックのチョッキで極め込んだ悪党は、話を聴いて、クリスチャン・ヴァシレを殺すわけにはいかないよと事を分けて説明した。「そもそもな、おれもあいつの歌が好きだからな、そりゃあまずい」と言ってボリーラは嫉妬に狂うザヴァイドックにウインクして、自分も『ザラザ』の鼻歌を始めた。眼を半ばつぶってその宿命的な歌をうっとりと口ずさんでいるまさにその時に、ごろつきは思いついたのだ。

十月末の聖ドミトル祭日のあくる日、日暮れに、ザラザはいつものように角のキオスクへ恋人の煙草を買いに出た。ヴィクトリア街越しに、貯金局会館の正面には濃くねっとりした黄昏が落ちて、そのくすんだ黄金色のために女は気がつかなかったが、そこにある松葉杖だけがそこで商いする障害者のもので、杖を抱く体の方はボリーラの手下の変装だったのだ。インディのスカーフを首に巻いたザラザを見ると、大男は松葉杖を抛り出し、燃えるような夕焼け雲の下で、女の髪をひっつかんだ。にたりと歯を剝いて眼を覗き込むと、一瞬紫色に変った唇に嚙みつき、ほとんど同時にナイフを喉に当てて耳から耳まで搔き切った。それからドゥンボヴィツァの川岸へ走って、跡をくらました。

明け方ザラザは血まみれのドレスで発見され、すぐに、夜通し町中を探し回っていたクリスチャン・ヴァシレに報せが飛んだ。宿直の警官の話では、警察署で容疑者として尋問されたクリスチャン・ヴァシレの眼には狂気の光があったという。釈放されると、まっすぐ近くの酒場へ飛び込み、前後不覚になるまで飲んだ。何年も後まで店の客は彼が嚙みついたテーブルの痕を見せられた。

ザラザは当時トノラ濠のあたりにあった「復活前夜祭火葬場」で焼かれた。大群衆が涙ぐんで送ったけれど、クリスチャン・ヴァシレの姿はなかった。火葬場への道すがら、目隠しした馬の引く豪華な彫刻を施した黒檀の霊柩車の、クリスタルガラス窓越しに、眼を見開いた美女の姿が覗かれた。長い睫の瞼はどうしても漆黒の瞳の上に降りようとしなかったのだ。ザラザの灰は天使をかたどった鋳物の取っ手のついた骨壺に納められた。

二日も経たないうちに骨壺は納骨堂から盗み出された。私はこの物語の真相を確かめるためにこの時代の新聞のコレクションを漁った。いくつかの骨壺盗難を報じた細字見出しの記事を見つけた。しかし結局不明のままになったこと、そうして偶然私だけが知ったこと、それは、この冒瀆を犯したのが何者かということだ。今さらここで謎かけをするつもりはない。確かに、ご想像通り、盗賊はクリスチャン・ヴァシレ、あの歌手にほかならなかった。愛と絶望に思い乱れるあまり、昔からの幽霊恐怖症に打ち克って、真夜中に火葬場の小窓から忍び込み、湿っぽい敷石を踏み、死人を竃《かまど》へ運んだ手押し車につまずき、そうして彫刻の施された陰気な孔雀石のドームの下で、立ち並ぶ数十個の骨壺をまさぐって、ようやく最愛のザラザにたどりついた。壺を胸に抱き、冷たい土器に唇を押し当てた。家に着くと歌手は骨壺を部屋の隅の小卓にのせて、すぐ次の日からある儀式を始めた。それはどう見ても正気の沙汰ではなかった。言いようのない行為を説明する言葉をここに書くのは辛いが、それでもできるだけ簡単に書こう。それから四箇月というもの、クリスチャン・ヴァシレはザラザの灰を毎晩一匙ずつ食べた。壺に着いた灰まで全部飲み込んだとき、クリスチャン・ヴァシレはテレビン油を喉に注ぎこんだけれども、死ねなかった。声帯を焼いて一生歌えなくなっただけだった。彼は現実のブカレストからも、そうして人々の記憶に生きるもう一つのブカレスト、神秘の靄のブカレストからも、すっかり消えてしまった。

私の母方の叔父は役者で、一座がピアトラネアムツで興行した一九五九年に彼と出会った。クリスチャン・ヴァシレはそこの大道具方で毎晩幕を引いていた。さながらルンペンの老人に、劇場はお情けでパン代を与えていたのだ。だれかが叔父に、あれはクリスチャン・ヴァシレだ、昔は有名なスターだったと言って、『ザラザ』のリフレーンも口ずさんでくれた。叔父はこの老人に酒場でグラス一杯振る舞った。老人がぜいぜい声でひそひそ話したのがこの物語である。だれにでも話していたが、今まで文字にしたものはいない。結局私がやることになったけれど、私にはよく分かっている。クリスチャン・ヴァシレの思い出を将来へ伝えるのは、このささやかな数ページではなく、『ザラザ』の永遠のリフレーンなのだ。

言ってくれ、美しいザラザ、
だれがおまえを愛したか、
何人がおまえのために泣きわめき、
何人が死んだか。
おまえの甘い唇をおくれ、
いつも私を酔わせておくれ
おまえのくちづけで、ザラザ。
私も死にたい……

わが青春の魅惑の書

ダグマル・ロートルフトの『汚辱の死』は間違いなくぼくの青春の本だったが、運の悪いことに（少なくとも、今のぼくにとっては独創性誇示のチャンスにならない不運）、それは同世代のすべての少年の枕頭の書でもあった。で、ここで多少とも読むに値するようなことは書きようがない。そのころぼくが本を読むのは著者の盛名のためでも文体の美しさのためでもなく――描写の段落などは猫が動かないものを無視するのと同じにすっ飛ばしていた――、純粋なヘロインとでも言おうか、純粋な冒険のためだったから、ロートルフトという名にほとんど何の思い入れもなかった。実際、この本をぼくは読んだのではなく、よく言うように〝貪った〟のでもなく、言わば直接血管に注射して、血流が脳漿に至り、そこに花冠を開かせたのだ。

映画のおかげですっかり陳腐になったシドニアの生涯とその変貌や、その細長い頭骨と人の臼歯を連ねたネックレス、あるいは〝視床下部の運河開削者〟フォルデンブリスの悪巧み、またオロリオが七つの爬虫類の名を七人の処女の背骨に書くのに使う七枚刃のナイフ、などなど、ファンタジーのジャンルに属するこの際限のない本(ぼくのなくした古い版では一一四〇ページ)、「ガンド三部作」に満載された話を一々紹介するよりも、ぼくがその本に出会うことになったいきさつを手短に話す方がもっと面白かろうと思う。

ぼくは十七歳で、友達はいなかった。夏のことで、いつものように知らない街々をさまよったあげく家路についたのは夕方七時頃だった。ブロックの立ち並ぶ界隈に太陽が投げかける強い光は一分ごとにオレンジ色から琥珀色へと移っていく。静寂と孤独は完璧だった、一つ一つの物から影が遥かに流れていた。放棄されてアスファルトに食い込んでいるぽんこつのパベーダから宿無しが一人、錆びたドアを開け放したまま出てきた。近づいたとき、それは幼なじみのジャンだと分かった。サーカス会館の貧乏な労務者の男の子で、秀逸な馬鹿話が得意だった。

「さあ、いい物を見せてやろう」と言うので、ぼくは自分のE階段に入って六階へ上がる代わりに、ジャンといっしょに隣のブロックへ向かった。苔だらけの古い黄色くなったブロックだ。すっかりさび付いた非常階段で四階まで上がった。

「ここだ」とジャンが言い、二人が腰掛けて脚を宙に浮かせたのは、ぶよぶよに腐ったブラインドのかかった窓の枠だった。中へ入るのにブラインドは一枚だけ開けることができた。ジャンは風がちょっとでも吹けば落ちそうなのに窓枠に残り、ぼくはガラスの破片でぎざぎざの縁をくぐって薄暗い室内へ飛び降りた。

それは古い家具つきの寝室だった。幅の広いベッド一つ、鏡一枚、腰掛け一つ、小さい丸テーブル一つ。ベッドの頭の方には厚いぼろぼろな本の並ぶ棚。ドアは窓と反対側の壁にあるだけで、釘付けだ。沈む日の最後の炎のような赤い光線が室内に数本の筋を引いていた。

「この部屋のことを知っているのはおれだけさ」とジャンが言った。「今はおまえも知っているわけだが、だれにも言うなよな……」

ぼくは少なくとも三十分、削り立ての材木の放つような暗い香りのするその部屋にいた。ベッドの古びて裂けたシーツの上に寝転がった。こういうところへぼくはずっと来たかったのだ。降りたときはもう夜で、ジャンはいなかった。その後は一度も会っていない。

たっぷりそれから数年間、ぼくは夕方になるとあの非常階段を沈黙の部屋へと登り、そこでベッドに横になって、孤独を満喫しながら、棚の本をありったけ読んだ。それらの奇妙なタイトルは今でも耳に響いている。『モンテ・クリスト伯』、『すべての帆を上げろ』[*1]、『パルムの僧院』、『笑う男』(どれも聞い

＊1　『すべての帆を上げろ』はルーマニアの作家ラドゥ・トゥドランの冒険小説(一九五四)、TV映画化もされた。

たこともない本だった。どの図書係に訊ねても夢を見ているねと笑われた）など。ほかの本はもう忘れたが、しめくくりが『汚辱の死』だ。

何年もの間、ぼくは繰り返し繰り返し『汚辱の死』を読み返し、瞼をむしり取る決定的場面になると必ず涙にむせび、ペディカート修道会の小さなシスターたちの物語に興奮して身をよじり、氷河のアンモン岬に幽閉されて近よりがたい憧れのシドニアに会うために語り手の視床下部の内部にフォルデンブリスが開削した径路にわくわくし……。そうして最後のページで、シドニアが父親の足下へ生々しく血の滴る自分の顔の皮を投げつけて、「それがわたしよ！」と叫ぶところでは、いつもあの荒々しい抑えようのない戦慄、あの理性喪失のセンセーションに襲われた。それはロートルフトの本の読者ならだれでもよく知っているものだと思う。

多分十五回目に読んでいたとき、ブロックが取り壊されてぼくのオリジナル本は瓦礫の底に消えた。その晩おそく、ブルドーザーの仕事が終わった後、ひん曲がった鉄棒や、コンクリートや、黄色い空へ悲壮に突きたつ廃材の山によじのぼって、指が血まみれになるまでかき回した。見つかったのはスタンダールとかいう無名の作家の『パルムの僧院』（パルムという町は地図に載っていない。ぼくは手に入った中で一番詳しいアトラスで調べたのだが）の三十四ページのくしゃくしゃな分冊だけだった。それから歳月が流れて、少年時代の数千時間を至福の読書にふけった秘密の部屋は思い出してもまるで夢のようになった。

何度もぼくはシドニアの物語をマドレーヌとして用いてあの〝失われた時〟をまた見出そうと試みたが、過去の再現は不可能と分かっただけだった。読み直したとき、フォルデンブリスはもうルード・ヴィックのおだやかなマフィア顔でしか、毛虫の大公夫人はイルマ・デ・リンドのしかめ面でしか思い浮かばず、何から何までメトロの駅の広告板の映画のポスターの人物になって見えるのだった。ここに、映画・テレビ化と大衆化と意図的な筋・意味の歪曲とで破壊された魔法の本がまた一つ。そうして今の版本にはあの何度となくめくり返した古いページの多孔性や乾いたおがくずの生暖かい匂いはかけらもない。こうして、かつてぼくの世代の少年時代を炎上させ、苦しめ、昂揚させ、毒にあてたあの本物の『汚辱の死』が今も生きているのは、ただぼくたちの中だけだ。

偉大なるシンク教授

七〇年代の終わりに、すべての気取った学生連中と同じに、そうして自分のイメージを過大評価して、ぼくも有名なアレクサンドル・シンク教授の記号論特別講義に申し込んだ。今日のポストモダニズムのように、だれもかれも構造主義を語ったその時代にあって、それは疑いなく文学部で一番人気の講義だった。当時、構造主義はどこから見ても一つの宗教だった。預言者（フェルディナン・ド・ソシュール）がいて、福音書記者（ピアジェ、アルチュセール、レヴィ＝ストロース、バルト）がいて、使徒（フランスのヌーヴォー・ロマンの代表者が――数合わせで――十二人ほど）がいて、連辞《サンタグム》

／範列《パラディグム》を軸とする十字架まである……。そのころシニフィエとシニフィアンの違いを知らないやつ、『数学詩学』[*1]や『開かれた仕事』を読まないやつ、だれかれの生成文法の枝分かれの膨大な系統樹を書けないやつは、アウトだった。軽蔑の海に溺れるのだった。夢から覚めたら、ロシア・フォルマリズムの代表者たちの名前を挙げねばならず（「シクロフスキイか、知っているよね」とうんざりしたような顔で言いたまえ、それでクラブに入れてもらえた）そうしてバルトの本にS／Zという謎めいたタイトルがついている理由を説明できなくてはならなかった。あまりぱっとしない学生は玄人たちの聖域に入ろうと絶望的な努力をしていた。ある赤髪の可愛い学生は、ある発表をするのに「私は昨夜ソシュールの『講義』を見ていて……」と始めた時に階段教室がどっと笑いに包まれた理由が分からなかった。もちろん、構造主義の（プチブル的）概念に対する反対派もいた。特に文学部の運命を握っている人たちの側だ。たとえば当時の学部長はある討論会の最後に起立して、プロレタリア的怒りをこめて発言した。「私はいくつかの発言において同僚の何人かが構造主義はレボルトしたとする間違った観念を信認しようと試みるのを聴きました。事実は、同志諸君よ、構造主義ではなくてマルクス主義がレボルトし

＊1　『数学詩学 *Poetica matematica*』は、ブカレスト大学の数学者ソロモン・マルクスが一九七〇年に著した書物。

たのです」時代遅れ《レボルト》revolutという語を「革命《レボルーション》」の意味に取り違えた学部長に対して、この時は大笑いではなく、忍び笑いが洩れた。ともあれ、学生間の小話に頻繁きわまりなく登場するこの気の毒な教授（彼こそ毎年毎年講義の始めに「ボリンティネアヌは〈死の床にある少女〉でデビューした」という有名な文句を繰り返していた例の人物である）は間もなく学部長職をある詩学の教授に取られた。これも文化のファッションの全能性の証明である。

さて、週に一度か二度、ぼくらは、つまり文学部の華の中の華である十人ほどの学生は、数本のチョークとスポンジ代わりの酸っぱい匂いのぼろ布を備え付けた黒板のある五階の小さな教室で偉大なるシンク教授のゼミに集まった。途方もない人物だ！　彼を捕まえそこなった学生たち――というのは彼はまもなくもっといい環境へと『逃げた』ので――が記号論や詩学に関して大して損をしたとは思わないが、少なくとも彼らは一つのスペクタクルを見逃した。小柄で、年のわりに信じられないほど若く見え（みんな初めは彼を学生だと思って、ホールで「ねえ、煙草をくれないか」などと呼びかけたものだ……）、縮れ毛の頭髪、ハリウッドの脇役然とした顔、だがきれいな女性的な目。シンクはソクラテス的精神の持ち主で、弁舌の天才だった。書くことはほとんどなく、それどころかごく僅かの印刷されたテキストで不愉快なことに署名がアレクサンドル・リンク（「ここに怖ろしいミスプリントが……」）となっていた。だがその存在感は催眠的でその言葉は預言者的だった。最初の講義でウィトゲンシュタインの再来といった感じで十五分あまり黙って思いにふけっていたあと、はなからぼくたちの頭をがっちりつかんでしまった。「よろしい、コミュニケーションについて話そう。コミュニケートするとは何を意味するか？〝オルト川がドナウ川とコミュニケートする〟という文はどういう意味をもつか？」そのあと黒板にたくさんの分岐と対比のあるチャートを書きまくり、たちまちぼくたちはその中にただただ巻き込まれていた。彼はその間じゅう機知たっぷりにしゃべり、俳優のように非常に有効なしゃれと効果音を交えていた……。「天才だ！」と隣で呟くのが聞こえた。陶然と黒板を眺めていたラウレンツィウだ。ロディカ、リヴィウ、カリーン、アリアドナはなにか分かったような顔をしていたが、文学寄りのわれわれ、シュテファン、ボグダン、エリサベタとぼくは、深く詮索もせずに天啓を受け入れていた。第一回講義がこんなに難解きわまりなく学者風なら、一年後にはエーコもバルトもトドロフも記号論のアマチュアに見えてくることだろうと信じて疑わなかった……。

あいにく、カフカ的教室での第一回入門時限で講義は完了したようなものだった。驚いたことに、その後一年間ぼくらはいつも最初のチャートをひっくり返しとっくり返しているだけで、いくつかの枝を消したり加えたりはするが、全然何一つ進歩がなかったのである。シンクとぼくたちは隔てがなくなり、一番の友達になり、毎週二時間バフチンとヴィノグラードフについておしゃべりし、結局ぼくたちは最後に気がついたが……シンクは、事実上、何一つ教えることができなかったのだ。というのは、頭は非常にいいのに、混乱そのもの、不決断そのもの、全くのうっかり者だった。彼は知識の源ではなくて、（崇高なまでに喜劇的な）娯楽の源だった。彼は本物のマエストロではなかったけれど、マエストロの資質の真似かたが奇跡の域に達していたから、ぼくたちは、惚れた弱みというところで、嘘が美しくさえあればだまされても構わなかったのだ。

そうしていつもなんたる熱狂で作業にとりかかったことか。いずれ劣らぬ夢のようなプロジェクトに打ち込むのだが、いつも途中でしぼんだ。コジア修道院での記号論的詩学的文体論的あとは神のみぞ知る的われらが大冒険はここで手短に述べておくに値する――実際、少なくとも一篇の長い短篇小説の値打ちがあろう。前出の数人と、ほかにマリナとロムルスを含む何人かとで、シンクと一緒に、ぼくの学部三年生の時、今もミルチャ老公[*1]の影の漂うかの名高い修道院の近くのキャンプに出かけた。それは小中学生の合宿で、児童生徒はこれから始まることをまるっきり知らなかった。なぜならばシンクはあわれな罪のない子供たちを応用詩学の巧妙な実験のモルモットに仕立てていたのだ。ぼくたちは一つの大きな寝室にごろ寝し、食事は子供たちとその先生たちと一緒だった。このキャンプではすべてがすばらしかった、ただわれわれの大実験が惨めなどうにもならない失敗に終わったことを別にすれば。

日課はいつもごく早朝から、竜と菊の模様の青いキモノを着たマエストロ・シンクの準備体操風景で始まった。なんと、教授が半ば自分で編み出した半ばヨーガ風のゆっくりした一種のダンスで日の出を迎えるのだ。いつもぼくたちはおかしな幽霊だねえとくすくす笑った。そんな映画があった。それはそれとして、みんなできるだけ彼に近づこうとしていた。社交界には大勢の男性を周りに集める貴婦人がいるが、彼にはそれに似たような才能があった。彼に一言ほめられると一日中しあわせだった。彼にしかめ面をされると自意識の苦悶を味わう。今、振り返ると、ぼくたちがみんななぜそれほど彼を慕ったのか理解できない。もちろん、お互いの間ではたっぷり皮肉も言ったりした。だがそれはいつも大きな子供の仕草なみに大目に見た上での話だ。朝食が終わるとすぐ、ぼくらは子供たちを召集し(木登りやサッカーなどもっと年齢にふさわしい遊びから引き離して)、いずれ劣らぬ奇妙きわまるテスト、テストのサディズムで痛めつけ始めるのだった。これらのテストは全部シンクの編み出したものだ。何の役に立つのか、どう解釈すればいいのか、それで何を証明しようというのか、だれも知らなかった。その一つは、パズルのようにばらばらにしたシュテファン・ネニツェスクとやらの詩を子供たちが再構成しなくてはならないというもの。いくつかの詩句は子供たちにとってはかなり怪しげに見えた。〝そして一つはバラ色で香しく〟と一人が読み上げ、そうして詩の全体を分かりやすく組み立てなくてはならない。それは実はあるラブレターの話だった……。別のテストは、これはすぐ有名になったものだが、こうだ。〝おばあちゃまと猫/ミルク欲しくてまだ寝ない〟 子供たちはみんなぼくらに訊ねるのだった。どうしておばあちゃまがミルクなの、その年で。猫の方はいいよ、まあ普通だけれど。別のテストは一種の迷宮で、交差点ごとにたくさん比喩があった。子供はどれか選んでそこに示された道を行かねばな

＊1　ミルチャ老公は十五世紀ルーマニア建国期の王、コジア修道院の献堂者。

らない。それは結構なのだ、ただその比喩というやつが全部、一つ残らず「恋風」「夜明の心」「雪の香り」「秘密の露」という類でさえなければの話だ。これもまた全部シンクがひねり出したものだった。ときどきぼくらは、ある子が「夜明の心」の代わりに「恋風」を選んだとして、どれほどの意味があるのだろうと疑ったけれど、マエストロの威光は結局ぼくらの判断力を曇らせていた……。要するに、ぼくらはただ何時間も、同じいけにえの子供たちが、初見で、「おばあちゃまと猫」式の詩を唱えるのを録音していた。もしつっかえれば初めからやりなおさなければならなかった。ほかにもいろいろテストがあり、ぼくらは我慢強く何時間もそれを実施した。相手の子供たちはますますうんざりし、違う遊びを自然の中でやりたがっていた。日が暮れると評価の時間だった。家父長モロメテ風[1]に一段高い椅子にかけたシンクのまわりにぼくらは輪を作り、順々に、マエストロの顔色にせめて承認の痕跡でも見せてもらおうと、一日中練っていた卓説を述べた。満足して、それから近くのビストロへ行き、食べ、ボーイたちをごまかし、しっぽを捕まれ、さんざんな目にあって帰路をたどり、だが次の日はまた恥ずかしげもなく同じことを、同じボーイ相手に、同じビストロでやるのだが、そもそもほかにビストロはないのだった。皇帝のごとく、シンクはときどき〝クイーン・アン〟の光り輝く一滴を振る舞ってくれた。夜、帰る道々数十匹のホタルが闇に舞っていた……。

二、三日すると、初めはもの珍しさで自分からやって来た子供たちが、ペストを見るようにぼくらから逃げた。実験の時間が来ると、キャンプは空になった。思わぬ所に隠れていたり、野原を駆け回ったり……。ある朝、先生に見つかって引きずられてきた五年生の子が、必死にシュテファンの手を振り切って、〝そして一つは薔薇色で香しく〟の断片をまだ握ったまま（次に別の子が使うのだった）、窓を飛び越えて消えた！　食堂でもぼくらを避けるほどになった。ぼくらのグループが現れると誰かが叫ぶ。「来たぞ、学生だ！」すると大部分の子供がプディングの皿を持ってわらわらと寝室へ。ここまで敵意を示されてはぼくらの方でも子供たちが憎らしくなった。つかまえることはますます難しくなったので、子供たちのいないところで、腹いせに、彼らを主な材料にしたいろいろなレシピを発明した。「今度はニンニクソースでたっぷり味付けしたお子様ロールを注文するのはどうだい？」とロムルスが持ち前のサドマゾスタイルで誘った。お子様ロールというのはどうやら子供の肉入りロールキャベツらしい。ぼくらは別に驚かなかった。ロムルスのことだもの。ある夕方、みんなで修道院の近くの草原へ出て、ひろびろした薔薇色の空の下で、時刻板の音を聴き、輪を描いて飛ぶツバメを眺めていた。片肘を突いて空を眺めていたロムルスはひどく憂鬱そうだった。「何を考えているんだい？」と訊ねたぼくも、その夕暮れの魅惑にとらわれていた。「ツバメを全部落とすには弾丸が何発要るかと思ってね」と答えたが、顔は憂鬱そうなまま……。

＊1　モロメテはマリン・プレダ（Marin Preda, 1922-1980）の小説中の賢くしたたかな農民の典型。

ブカレストへの列車では一つのコンパートメントにぎゅう詰めになり、帰ってから解釈することになる山のようなテストの束と何百キログラムもの録音テープを積み込んだ。疑いなく、ぼくらの実験の結果、記号論と詩学は大きく一歩前進するだろう。ぼくらは偉大なるシンク教授の弟子の〝コジア・グループ〟として歴史に名を残すだろう。みんな早く標本で作業を始めよう、結果を定義しよう、理論を組み立てようとじりじりしていた。だが数週間が過ぎていき、ラスコリニコフ風の教室での講義はますます混沌の度を加え、ぼくらは、エレウシス洞窟を抜けてきて記号論的救済を見出したものであるかのように、ますます一般学生の前で威張り返った。その間にコジアでの経験のイメージはぼくらの高邁な精神の中で次第に薄れていった。今や録音テープは、おばあちゃまの謎は、〝恋風〟と〝夜明の心〟の迷宮はどこにあるのか？　だが詩人は「されど去年《こぞ》の雪いずこにありや？」と歌った。だれもそれらの運命を知ることはないだろう。おずおずと訊ねると、シンクは勝ち誇った微笑を見せるのだった。「まだその時ではない、もっと考えねばならない、もっと深めねば……。後の学年に継承させることができよう、われわれは十分に仕事をした、あとはほかのものがやればよい……」

黄金爆弾

絵画で金色のものはみな本物の金箔であらわされた時代がうらやましい。金貨の半分から四分の一は、長時間ハンマーで薄くたたいて延ばされた。羽毛のように軽くほとんど透き通った大きな箔になったのを、光輪に、星に、糸杉とお城の風景の中の太陽に、貼り付けた。同じく夢物語のようなその時代には、絨毯のきらめきも、植民地由来の絹や綿に織り込んだ金糸で実現された。乙女らの巻き毛は金の削り屑でとめ、一角獣の角は螺旋型の溝が見える本物の真珠母でできていた……。

この話のためにはぼくにも、すごく、すごくたくさんの黄金が必要だ。たとえば、これから先のページのたいしたことは起こらなそうな風景（ぼくの読者なら先刻慣れておいでだが）の中で、少なくとも三つの要素は本物の金で、一〇億カラットの金で、超越的な金箔と金糸でかがやいてくれなくては困る。咆哮する太陽から海岸までの道を造る波の峰、日光浴をしているお隣の女性のモバイルの七文字SAMSUNG、そうして、決して序列の最後というわけではなく、レオナルド・ダ・ヴィンチの髪型の習作に見られるような、賢くむごくメロディアスな渦を巻いて肩に流れる重たいブロンドの髪。しかし、古代の彫刻家たちの鑿《のみ》の刃がどんなに精巧でも腕の関節がどこまでしなやかでも刻み出すことはできなかったろうこの髪を、蝶の二枚の羽根のように、また世界一エロチックな雑誌のグラビアのように描き出すために、この見開きページの四分の三をとっておいた。ぼくが興奮して、対話篇『クラテュロス』[*1]の中のソクラテスなみにほとんど狂ったように夢中になって、ここに何を書こうとも、ぼくはこの黄金の糸の黄金のフラクタルの黄金の蜘蛛の千億の脚の髪のことを語るだけだろうと感じる。浜辺に一メートルほどの砂と砕けた貝殻だけを隔てて隣に横たわるこの女性の髪を自分のごつい大きな熱い拳につかんで、一回二回三回四回五回六回巻き付けて、頭の肌がむき出しに巻毛が何本か残るまでにしてやりたい。

　ぼくは毎日一人で海へ出かけてそのたびに大勢の全裸の体の間で全裸で陽に焼ける。ぼくは海に近づくとき、古代ユダヤ人が「契約の筐」に近寄るときのように、限りなき慎みを保つ。当時エホバは彼らに「姦淫するな」と命じていた。海に行く前には何日も、ときには何週間も性交渉を断ち、それがぼくには奇妙な悦楽なのだ。なぜならばぼくのあらゆる妄想の中に海が息づき、頭蓋骨を満たし、そこから聖杯にあふれるワインのようにあふれ出すから。そうして海では一度しかセックスをしない。普通は最後の夜に、知り合ったばかりの女性と。そのたびに別で実は同じ女性だ、というのはぼくにはその女性が海そのものだから。彼女はあの砂と塩の日々の、限りもなく広がるエトラスカの棺の蓋の上のように浜辺にブロンズ像が横たわる日々の、勝ち誇る日光の紫と虹色のルーペ効果の日々のエッセンスなのだ。それは耐えがたく甘い完璧な無名の混交、われわれすべてがそこから出てきた塩辛く湿った官能的な海。とはいえ、去年までは、ぼくは海も女性も本当には知らなかったのだ。

彼女は十時頃に現れる。間もなくぼくは、他のみんなと同じように、出現の待ちかたが分かった。熱核爆発さながらのコロナと衝撃波の先触れがあった。ぼくたちは砂から半身を起こし、そうして、ヌードの男たちとヌードの女たちは、日蝕を覗くように、黒いサングラスを通して彼女を眺めた。美が迸り流れていた。クオーツのきらめく靴をはいて爪先で歩いていた。ヒールはその計測しようのない体重をのせて並木道をしなってきた。防波ブロックで区切られた小さな入り江の砂浜に降りて、波打ち際の間近にスカーフを広げる。それから立ったまま浜のすべての視線とカモメの視線にまで支えられて脱ぐ、というのも裸体でしか本当には理解も描写も不可能だから。そうしていつもしばらくの間パンティー

＊1　プラトンの対話篇『クラチュロス』は最初の言語論・記号論とされる。

枚のミルクのように白い肌を沖からの微風になぶらせて、そのとき恥丘《ピュビス》は下の方の対の唇の間でしわになった白い絹をぴんと張る。

実際上、全人類の美の理想と言ってよかったろう。サフランやシナモンやオリカルクム[*1]のように遠くの遙かな港で売り買いされ得たろう。神殿の一隅を支える女神の太い足と、ローマ婦人が子供たちを（ほら、わたしの宝石よ！と）押しだすときのように誇らしく突き出した巨乳、マグダラのマリアの長髪、黄金と象牙のギリシャ彫刻の体はどのハレムにあっても誇りだったろうし、世界中の哲学者を四つん這いにさせたろう。その裸体の輝きに小さな浜のすべての体は屍体の灰色になった。すぐに気がつくとおり、彼女の胸だけが胸という名にふさわしく、ほかのすべての女性の胴にあるのは乳房か、要するにただのおっぱいだった。太腿の間に暗いゾーンをもつお尻は、時折、無頓着にそして計算ずくで、コーヒー色の小さい星と、二枚貝の隙間から覗かれる肉片のような、もっと複雑に縁取りされた別の構造を垣間見せていた。仰向けに寝ているときは、念入りに剃った陰部の上方の金色の産毛が子供時代に使っていたペンのキャップのような光線を下腹に投げかけた。そうして寝返りを打つと、尻の上方、腰骨の三角形の枕に波打つようにドラゴンの刺青が姿を現すのだった。

ぼくは十日間、毎日毎日、彼女の大きな重たい体の近く、小麦色になるとともにますますフェロモンの蒸散する雰囲気に包まれていく皮膚の近くで過ごした。海にも彼女はそのフェロモンのキャミソールをまとって入った。いつも膝の深さまで、いつも胸を前にだして、乳首とその下の円みを紺碧の空に描き出して。それから黄金の水脈を進み、体を屈め、クラゲを一つ掬う。自分が海の中心の中心であり、みんなの視線を一身に集めていることを意識していた。戻ってきてぼくの横で（おお、いつも二人の間には一メートルほどの砂と砕けた貝殻）、体に柔らかい水滴のレンズを、髪にはいっぱい塩をつけて寝そべるとき、ぼくが空気を胸に吸い込むと、彼女の体からむしりとった空気が気道に、次いで血液に入り込み、血液は性器の血管へと降り、そこの弁をひらいて、熱い組織を満たす。ぼくは砂にはり付き、砂に咬みつく。ぼくは巨大な貝のように海を呑み込みたかった。空の雲も向こうに見えるホテルも焼きつくしたかった。ぼくはすっかり、頭のてっぺんから爪先まで、情熱と狂気に包まれて一つの勃起した性器となっていた。

生粋の黄金のこの女性は一体何歳と言えばよかったろう？　十五歳と百七十億歳の間あたりか。多宇宙のひしめきの中の泡の上の一点が分離独立して膨張を始め、この世界となった。光輝物質と暗黒物質が競争で銀河群を創出した。イチジク状に、葡萄状になった幾億兆の黄金の点。その一つ一つの中で幾兆もの星が化学成分を産みだした。諸惑星の祝福の地。そうしてわれわれの暮らす細片の上の塩からい瓶詰めの海にバクテリアがアメーバが海綿が三葉虫がオウムガイがシーラカンスが現れた。そうして海

＊1　古代人の空想の金属。

が退いた時、その湿った浜辺に両生類と爬虫類が残った。また黒い森では鳥類とほ乳類がごそごそし始めた。そして不器用な類人猿がサバンナを歩いた。いろいろな種族と人種がいろいろな種族と人種を絶滅し、諸民族が諸民族を破壊し、文明が勃興して滅亡し（〝クセルクセスはいずこ？　アルタクセルクセスはいずこ？〟）、黙示録が到来し過ぎ去り（〝崩れた塔――幻のエルサレム　アレクサンドリア　ウイーン　ロンドン　ローマ……〟）、万巻の書が書かれそして燃やされ、そうして最後に一人の女が下腹に幽霊君主の末裔を受け入れ、卵細胞は分割し生育し世界創造を反復して、胎児は子宮の中でまるまった女の子になり、女の子は円い海のような肉球の中から出て成長し、遂に地を受け継いだ。なぜならば全世界は一人の美女に到達するために存在するのだから。

海水浴客はほどなく彼女に黄金爆弾とニックネームをつけ、彼女が白さと輝きを増すほどに裸の男たち裸の女たちは浜辺でいよいよ黒くなっていった。女性たち自身も男性と並んで彼女に目を奪われ、サッフォーとビリチス[*1]を理解し始めた。一緒に暮らしている毛むくじゃらのサテュロスにいままでなにを求めていたのだろう？　どうして夜ごとに彼らの合体道具で傷つけられるに任せてきたのか？　愛、エロチシズム、ポルノ、乳首の接触、指と舌での、あるいはただ熱い息吹だけによる唇開きが、これほど明らかに女体の曲線と皺と湿潤の遊びに結びついているのに？　それもどの体でもというわけではなく、ただ今スカーフの上で、脚を組み、モバイルでにこやかにしゃべり、大きなくるぶしの周りで輝く黄金のチェーンをもてあそんでいる女の体だけのこと。

爆弾だって？　というよりミサイルだ、裸で夢見がちに防波ブロックにまたがる彼女を一度でも浜辺で見たものすべてのベッドへ打ち込まれるミサイルだ。というのは、ぼくは想像するのではなく知っている、ホテルの一つ一つの部屋の暗がりで、夜遅く、男がみんな自分の妻を死ぬほど脅かし、こねまわし突き通していた、それも安定したカップルらしい穏やかさではなく（〝ごめん、痛かった？……髭が当たらなかった？……〟）、結ばれた当初にさえなかったような必死の激しさで。そんな激しさはかつてあるはずもなかった、哀れな彼のマダリナやカタリナはただの女に過ぎなかったし、男が山麓の大理石の都を溶岩で埋める火山のように噴出するためには、はるかにそれ以上のものが必要なのだから。黄金爆弾の腰にまたがることが必要だ。夜々、愛が行われたとき実は、去ったあとの砂地にチェロの形のくぼみを残す黄金の恥丘をもつ女とだけ愛が行われていたのだ。

その夏のぼくのバカンス最後の日、朝はもう一度、空をあの女像柱の頭で支えて、モバイルのスクリーンの炎で頬を照らしながら話していたが、そのあとは、風と貝に面影を映していた女は午後もう浜辺に来なかった。そこでぼくは彼女の黄金の円盤が海に沈んだと知った。あたりを見回すだけで彼女が

＊1　サッフォーは実在の、またビリチスは架空の古代ギリシアの女流詩人。いずれも同性愛者のシンボルとして語られることが多い。

去ったことが分かった。男たち女たちは砂の上で炭化し、くすぶっていた……。ひび割れた皮膚から塩に覆われた脇腹が覗いていた。海そのものもあぶくまみれの海藻と煙草の吸い殻と紙切れで一杯だった。ぼくは何時間も浜辺をさまよい、裸足の足の裏を波が濡らすに任せていた。夕方バーで一人のどうと言うこともない女と出会い、そのあと一晩中涙と唾で濡らしながら愛した。寺院に参入するようにではなくケーキ店に入るように入った（マダリナかカタリナの）惨めな体に泣いて、ぼくには分かっていた。防波ブロックのある入り江で、黄金の糸と黄金の小枝と黄金の蔓と黄金のスパイラルと黄金の巻き毛の髪に包まれたミルクと蜜のニンフを見ることは、これから先もう二度とないだろうと。

ぼくらが女性を愛する理由

ぼくらが女性を愛しているのは、寒いときはブラウスの下で丸い乳房の乳首が立つから、大きなまるまるとしたお尻だから、顔の形が子供の顔のように優しいから、ふっくらした唇と慎ましい歯並みと不愉快でない舌だから。汗や安煙草の臭いがなく上唇に汗をかかないから。頭をまっすぐに肩を引きしゃっきりした姿勢で道を歩き、マニアックに見つめる視線にも応えないから。そのデリケートな組織構造のあらゆる束縛を驚くほど勇敢に乗り越えるから。ベッドの中では、倒錯からではなく、愛情を示すために、大胆に創意を発揮するから。あらゆる厄介な細かい家事を片付けながら自慢もせず感謝も求めないから。ポルノ雑誌を読まずポルノサイトをサーフィンしないから。ややこしい理解できないルールのもとにありとあらゆるアクセサリーを服にマッチさせるから。インスピレーションを受けたアーチスト並みの注意力を集中して自分の顔を描きメークするから。ジャコメッティ流の細身に執着するから。大きくなった女の子だから。足指の爪を染めるから。チェスやホイストやピンポンをする時だれが勝つか気にしないから。キャンデーのようにつやつやした車に乗り、信号で止まるとき、前の横断歩道を渡る人に賛嘆されるように、慎重に運転するから。ある種の問題解決法に仰天させられるから。ある種の考え方に仰天させられるから。ちょうどあまり愛していないとき、その埋め合わせのように「愛してるわ」と言うから。オナニーをしないから。ときどき、リューマチ痛や便秘やまめなど、ちょっとした苦しみがあって、そのとき女性は人間だ、自分と同じ人間なのだと突然気づかされるから。あるいは小さな観察を集め、微妙な心理のニュアンスを素描して極度にデリケートに、あるいは女性文学と片付けられないように過激に糞尿まみれに、ものを書くから。素晴らしい読者であって、世界の詩と小説の四分の三が彼女たちのために書かれているから。ローリング・ストーンズの「悲しみのアンジー」に夢中だから。レナード・コーエンに参っているから。説明不可能な全面戦争をゴキブリに対して挑むから。タフそのもののビジネス・ウーマンに至るまで、優しい花細工とレースのパンティを身につけるから。バルコニーの物干しに奥さんのパンティを、柔らかい部分とこわい部分のある、黒や赤や白の濡れた代物を広げて、面積の小さいことに呆れるのは何とも妙なことだから。映画ではセックスの前に決してシャワーを使わないが、それは映画の中だけだから。ほかの女性あるいはほかの男性の美しさに関して合意に達することは決してないから。人生を本気で取り上げているから、現実を本当に信じているように見えるから。またテレビ・スターのだれとだれがくっついたかに本気で興味を持つから。映画の女優や男優の名前を、ごくぱっとしないものまで、覚えているから。どんなホルモンの影響も受けなければ、胎児は常に女性になるのだから。トロリーバスで見かけた感じのよい男とやりたいと考えたりしないから。マルティニ・オレンジやジン・トニックとかバニラ・コークのようなひどいものを飲むから。手をお尻に触らせるのはコマーシャルの中だけだから。レイプの観念で女性が興奮するというのは男性の想像に過ぎないから。ブロンド、ブルネット、赤茶髪だから、甘美、セクシー、ホット、なよやかだから、そのたびにオルガスムスがあるから。オルガスムスのないときはあったふりをしないから。一日のうち一番すてきなのは朝のコーヒータイムで、一時間かけてビスケットをかじりながらその日の方針を立てるから。彼女たちは女性だから、男性でもなくほかのなにかでもないから。ぼくらは彼女たちから出てきて、彼女たちの中へ帰るから、そうしてぼくらの思考は、緩慢な惑星のように、いつもいつも、ひたすら彼女たちのまわりだけを回転しているから。

終わりに

もし私の小篇がいくらかでも気に入ったなら、たぶん、もうほんのちょっとしんぼうしていただけるでしょう。というのは、今日を通されたページに、何らかの形で貢献をいただいた方々のうちの何人かに是非ここでお礼を言いたいからです。

で、私の登場人物のモデルになったすべての人々、昔の恋人たち、昔の先生がた、また現在の友人たちに感謝します。特に、実際のところすべての物語で事実がこまぎれに変形されていることをお詫びします。それは物書きと関わりを持つことのリスクなのです。

次に、私のテキストを先に載せてくれた諸雑誌に、特に去年一年間にこの本の側湾症ぎみの背骨を構成する三分の二の短篇を載せてくれた「エル」誌に感謝します。あとは「ディレンマ」「ロムニア・リテラーラ」「レットル・アンテルナシオナル」「タブー」に発表されました。ありがとう。

赤鉛筆を手に私の本に目を通し、表記法や発音、句読法、さらには交通（左側通行が出てくる作品中）の規則違反を、おはずかしいことにたっぷりと、摘発してくれた二人のヨアナに深く感謝します……。

最後に、だが最小にではなく《ラスト・バット・ノット・リースト》、フマニタス出版社に、今後とも白紙小切手をいただけることを感謝します。

訳者あとがき

東ヨーロッパのルーマニアでノーベル賞候補と取りざたされているミルチャ・カルタレスクは、ビートルズとサリンジャーに熱中した〈ブルージーンズ世代〉で、一九八〇年、大学卒業の年の詩集『灯台、飾り窓、写真』で作家連盟新人賞を受賞してデビューした。中短篇集『夢』（一九八九）のころからは主に小説を書いている。ルーマニア・ポストモダンの旗手であり、一九九七年から十二年がかりで完成した三部作『オルビトール』が、著者自身も言うとおり、代表作に違いない。しかし、カルタレスクの最も人気のある作品はここに訳出した『ぼくらが女性を愛する理由』（二〇〇四）で、人口が日本の六分の一の国で発行累計二十万部と言えば、純文学の本としては大ベストセラーだ。夢と幼年期の想い出、酷薄な自虐的回想、真摯な恋愛論とポルノまがいの描写、コミカルな文芸論とリリカルなロマンスなどが織り交ぜられて、ミルチャ・カルタレスクの魅力が一望できるからだろう。外国でもドイツ語・英語・フランス語・イタリア語・スペイン語・ハンガリー語・ポルトガル語・トルコ語・ロシア語・ヘブライ語・ポーランド語・スロベニア語・ギリシア語などに翻訳されている。

ミルチャ・カルタレスクは一九五六年、社会主義時代のルーマニアの首都ブカレストに、ジャーナリストの父親の長男として生まれた。小学校高学年から中学高校大学生活までがニコラエ・チャウシェスクの大統領時代と重なる。一九六八年の〈プラハの春〉をつぶすソ連主導の軍事介入への参加を拒否したチャウシェスクは、新しい〝民主的〟な指導者として、アメリカ・西ヨーロッパから賞賛を集めた。国内には自由の気分とアメリカニズムが広がった。ところが、まもなく一九七〇年代半ばには、チャウシェスクは北朝鮮の金日成体制にならった独裁政治を確立し、ソ連からの自主独立という仮面のもとに排外的愛国主義を鼓吹し、津々浦々まで秘密警察網を張り巡らして一般市民の言動まで監視する暗黒時代が来る。

少し以前を振り返ると、二十世紀前半の戦間期（第一次世界大戦と第二次世界大戦に挟まれた時期）はルーマニア文化の黄金時代だった。第一次世界大戦によって、ルーマニア王国はそれまで外国の統治下にあったトランシルバニア、ブコビナ、ベッサラビア（のちのモルドバ共和国）などルーマニア人の土地を統合し、建国以来の宿願が解決された。経済産業が急速に発展したが、それよりも注目したいのは、この戦間期に登場した新しい知識人の世代と前代を分ける精神状況の違いだ。「新しい世代」の旗手ミルチャ・エリアーデは「私たちは歴史的使命（注：民族統一事業のこと）の成就のために動員される必要のないルーマニア最初の世代である。……われわれは文化的地方主義に陥らず、現代人になろう」と言った。そのエリアーデのほか、絶望のアフォリズムのエミール・シオランや、不条理演劇の創始者ウージェーヌ・イヨネスコらが世界に雄飛したこの戦間期の新しい世代は、ルーマニアで初めて、西欧文化との同期を果たしていたのだ。

第二次世界大戦はそれを逆転させ、ソビエト連邦の占領下、「鉄のカーテン」と全体主義の強制をもたらし、やがてチャウシェスク時代となる。〈六〇年派〉に代表される社会主義下の世代は、西欧との断絶を埋めるため、思想統制に対抗する面従腹背の創作実践技術の精錬に腐心しなくてはならなかった。彼らの成果は、実は戦間期モダニズムの保存と復活だったと言えよう。だがその間に、西欧世界では一九六八年セーヌ川左岸の学生叛乱に始まる「五月革命」を転機にポストモダニズムの時代に入っていた。

カルタレスクら、ブルージーンズ世代と呼ばれる〈八〇年派〉は、そうした直前の世代の苦闘を飛び越えて欧米の知的ファッションとの同期をめざした。カルタレスクは言う。「〈八〇年派〉とそれに続く世代を前代と分ける根本的な断層は、二つの世界の間にある断層だ。一方はフランス好みの世界、すなわち背広とネクタイの、クラシック音楽の、手へのキスと偉大な価値への尊敬の世界で、他方はアメリカ精神の浸透した世界、普段着の世界、ロック・ミュージックと長髪と〝ポピュラー文化〟の、あらゆるたぐいの解放の世界。この本質的な違いを抜きにしては、文学とその他の芸術における八〇年世代の実際の活動は理解できない」(『ルーマニアのポストモダニズム』)。昂然とポストモダンの旗を掲げてもう一つの世界の方へ踏み出しているという点で、ミルチャ・カルタレスクの役割は、戦間期にデビューしたミルチャ・エリアーデに似ていると言えよう。ポストモダニズムの知的環境は、一九八九年のルーマニア民主革命の後ではなく、すでに一九八〇年に用意されていた。思想統制に大童なスターリニストが文化的に時代からずれ落ちていた様子は、「偉大なるシンク教授」の章に出てくる学部長のエピソードにコミカルに投影されている。

『ぼくらが女性を愛する理由』にまとめられた二十一章の短篇、掌篇、エッセイ、断章は、『オルビトール』の執筆に平行して〈エル〉などの雑誌に発表された。書名と同じ題の最後の断章に列挙凝縮されている女性賛歌がこの本のメインストリームだと言える。だがそれは一筋縄ではなく、幼児のお医者さんごっこの記憶から、学生時代の震えるような、だが苦みに満ちた体験、成熟した〈男性〉の観想まで、さまざまな世代の〈ぼく〉がいて、ブカレストの下町や新興住宅、トランシルバニアの学都、初めて見る外国のサンフランシスコ、車が道路を「逆走」するアイルランド、飾り窓のアムステルダムなど、さまざまな環境に〈ぼく〉はいる。冒頭の「黒い少女」の導入部分で、無軌道な高校教室のユーモラスな回想、サリンジャーからの引用で話を始めることの〈弁解〉は、ちょうどポストモダンの作風例になっている。そうして長髪、焦げ茶の革ジャン、両手をポケットに突っ込んでケルアックを気取る若造が、たった数分の間地下鉄の車内で見ただけの少女の純粋な美を歌い上げる。「少女を見て、ぼくにも〝凶暴な美、奪い尽くす美、美が魂を奪う〟という表現のあるわけが分かった」のである。このストイックな純粋な美から、その対極にある終わりの「黄金爆弾」のヌーディスト・ビーチに現れて語り手にありとあるゆる妄想を挑発するセックスシンボルの肉体美まで、ぼくらが愛する女性というハープのさまざまな弦に鳴り響くアルペジオがこの本にはある。

牧歌調ばかりではなく、酷薄な時代の現実に関わる「ブラショフのナボコフ」のような小説もある。秘密警察にスカウトされた文学少女の惨状を語り手は冷たく眺めていたが、鮮やかな変身を伝え聞く。「ザラザ」の物語は大変よく読まれ、『生き残るもの』として映画になり、『赤い狐』というドラマになり、多くの視聴者はすべてをそのまま事実と受け取り、ザラザはもはや都市伝説になっているという。全編中この悲劇のロマンスだけが昔のルーマニア王国末期の物語で、ブカレストの歓楽街を舞台にした作家の巧みな語りに引き込まれる。「Jewish Princess」では身近に存在する異文化の女性の魅力を回想する。彼女のことを書くにあたって、奇抜な作家分類法を提出する。批評家による作家の分類には世代や精神的系譜や文学的潮流やに応じた方法があるが、「ぼくに言わせれば、少数の女性だけを持った作家と多数の女性を持った作家という分類も大いに成立する」。後者にとってはエロチシズムなど昼飯かテニスの試合以上の重要さはなく、一方、前者は原型としての女性原理について思索し、愛と死の女神の回りに神秘のカーテンを張りめぐらすマニアックな傾向がある。自分は前者に近いという。それにつながる思索が、「親密感について」「子供の脳髄で愛する」「二種類の幸福」などのエッセイで敷衍される。「ぼくは何者?」のような実存の反省も繰り返されている。

女性を愛する主語をみなさんや彼らではなく、「ぼくら」と言い切った。『ぼくらが女性を愛する理由』の「ぼくら」は、あるいは懐古的な、あるいは理屈好きな、あるいは自虐的な、あるいはコミカルな、あるいは痛切な、あるいは驕慢な、ミルチャ・カルタレスクのさまざまなバリエーションで、そうしてそれぞれのぼくが見出す女性がいる。美しい女性、惚れた女性、謎めいた女性、幻滅した女性。ぼくらはなぜ女性を愛するのか。答えは、彼女たちが女性だから。

二〇一四年十月

住谷春也

【訳者紹介】

住谷　春也（すみや・はるや）

1931 年群馬県生まれ。東京大学文学部卒業。出版社勤務を経て、ルーマニアに留学し、ブカレスト大学文学部博士課程修了。以後、ルーマニア文学の研究・翻訳に専念。リビウ・レブリャーヌ『大地への祈り』『処刑の森』、ザハリア・スタンク『ジプシーの幌馬車』（いずれも恒文社）、ミルチャ・エリアーデ『令嬢クリスティナ』『妖精たちの夜』『マイトレイ』『エリアーデ幻想小説全集・全 3 巻』（いずれも作品社）、口承物語詩『バラーダ』（未知谷）など訳書多数。

2004 年、ルーマニア文化功労コマンドール勲章受章。2007 年、ナサウド市名誉市民。

〈東欧の想像力〉11

ぼくらが女性《じょせい》を愛《あい》する理由《りゆう》

2015 年 2 月 27 日　初版発行　　　定価はカバーに表示しています

著　者　　ミルチャ・カルタレスク
訳　者　　住谷　春也
発行者　　相坂　一

発行所　　松籟社（しょうらいしゃ）
〒 612-0801　京都市伏見区深草正覚町 1-34
電話　075-531-2878　　振替　01040-3-13030
url　http://shoraisha.com/

印刷・製本　　モリモト印刷株式会社
装丁　　仁木順平

Printed in Japan

 ISBN978-4-87984-333-3　C0397